徳間文庫

奇跡の男

泡坂妻夫

徳間書店

目次

奇跡の男
泡坂妻夫
Tsumao Awasaka
126208

「死に物狂いで若い人妻を攻め落とそうとする男です。激情家ですから、邪魔な者があればかっとなって殺しをするかもしれない。まず、生優しい気持ちではだめなんだ」

と、御堂一弥《みどうかずや》がきっぱり言い切った。

整った顔に凄味《すごみ》が添《そ》って、気のせいか男が臭《にお》う。

「そんなの、気にいらないファンがいるんじゃないかしら」

と、百合子《ゆりこ》がファインダーの中の御堂に言った。

「いや、僕のファンもいつまでも子供じゃない。このくらいの役で僕のイメージを悪くするほど単純じゃないと思うな」

百合子はこれで御堂が一皮剝《む》けるかな、と思った。感心したようにうなずいてから、百合子はさりげなく本題に入ることにした。

「奥様の、貝塚柚木子《かいづかゆきこ》さん、お元気でいらっしゃいますか」

「ああ、元気です」

「今度の制作発表のパーティにはお見えになりませんでしたね」

「相変わらず忙しがっているようだね」

「ようだ、とおっしゃると、毎日お会いじゃないんですか」

御堂は返事をせず、鏡台に顔を向けた。鏡台の前にはシェパードのウイスキーボトルが置いてある。

たまたま、楽屋には御堂独りだった。邪魔が入らぬうち、早く話を訊《き》き出さなければならない。

「ここ一週間、柚木子さんはお家に帰らないんじゃありません？」

鏡の中の御堂が不穏な表情になった。

「そんなこと、誰から聞いた」

「誰からも聞きません」

「……そうか。近頃、赤いエッグが家の廻りをうろうろしていると聞いた。君の車だったのか」

「それならば、話は早いでしょう」

「何でも嗅《か》ぎ付けるんだな」

「柚木子さんは実家のほうでもない。でも、それに気付いたのはわたしだけなの。だから――」

　ここで、百合子は得意の手を使うことにした。思い切って煽情《せんじょう》的な発声で、遠慮なく相手の核心に突き刺さる質問をするのだ。

「柚木子さんの浮気はとてもお上手なわけね」

「………」

「柚木子さんを宥《ゆる》しますか、それとも、離婚？」

「……それが聞きたかったのかい」

「勿論《もちろん》。仕事のお話など、ちっとも面白くありませんものね」

　御堂は重い表情になった。

「そう、柚木子が一週間も家を空けているのは事実だね。柚木子がその男に欺されているらしいのも判っている」

「その相手をご存じなんですか」

「うん。確か、グスタフ　カラヤカンとか言った」

「グスタフ……何ですか、それは」

「アメリカの鉱物学者という触れ込みだ。柚木子の奴《やつ》、それにころりと参ってしまい、僕が何度忠告してみても聞く耳を持たなかった」

「矢張り、離婚に？」

「そこまでは考えていない」

「でも、柚木子さんはそのカラヤカンという人と、一週間も家を空けているんでしょう」

「そうなんだ」

「それで、離婚もせず我慢していられるんですか」

「……君達はどうして芸能人の離婚を喜ぶのかね」

「多分、読者が喝采《かっさい》するからですわ」

「残念だが、僕達はまだ離婚はしませんよ」

「でも、柚木子さんの背信行為は――」

「誰が柚木子に不倫があると言いましたか」

「……違うんですか」

「背信は僕が撮る映画のテーマなんだ」

「じゃ、柚木子さんは？」

「カラヤカンとなら大丈夫。彼はネクロなんだから」

「……黒人なんですか」

「いや、ネグロじゃない。ネクロ。何でも相手が人形みたいに動かない女性でないと駄目なんだという」

「まあ、それは屍姦症《ネクロフィリー》なんじゃありませんか。気味が悪い」

「だから、柚木子みたいな騒がしい女には全く興味がない」

「じゃ、そのカラヤカンは柚木子さんと何をしているんですか」

「カラヤカンは山師さ。山を歩いて、鉱脈を見付けるのが商売なのさ。変な二本の長い棒を持っていて、地面の下に金や銀があると、それに感応するんだそうだ」

「……そんな方法で鉱脈が判るんですか」

「カラヤカンは特異能力者だと言う。その男が北海道の釧路《くしろ》の奥で、金鉱を発見した。それでオーナーを探していたところに、柚木子が出会ってしまった」

「柚木子さんはそれを信用して？」

「カラヤカンがどんな手を使ったか知らないが、頭から信じてしまった。釧路の奥の留尻《るじり》という土地なんだが、柚木子は今そこにいるというわけ」

「実地踏査？」

「それ以上進んでいますね。来週には地鎮祭、すぐ起工にかかるらしい」

「……金を掘り当てれば、素晴らしいわ」

「出るもんですか。出たら、奇跡としか言いようがないね」

「でも、その人が発見したと言うからには、超能力の他に何か拠《よ》りどころがあるんでしょう」

「うん。カラヤカンは地名に妙な興味を持っている。釧路という漢字は金川路と分解することができるだろう。三本の金の路——三本の金の鉱脈があるはずだと判読したんだね」

「……それは、漢字遊びじゃありませんか？」

「まあ、そうだ」

「もっと、しっかりした拠りどころはないんですか」

「あれば僕だって心配しやしない。カラヤカンが金鉱らしいと言うのも勘なら、柚木子がカラヤカンを大丈夫だと思ったのも勘。柚木子ははっきりそう言った。わたしの勘はいつも外れたことがない、だってさ」

「……女の勘ね」

最初の意気込みがするすると萎《な》えていく。百合子も自分の勘に自信を持っている一人だった。だから、御堂一弥と貝塚柚木子の離婚を信じてイヴ劇場の楽屋へやって来たのだ。

御堂は化粧の手を休めず百合子に言った。

「残念だがそういうわけです。どうやら君のほうの勘も狂っていたみたいだね」

「……まあね」

「男じゃなくって、金塊を追い廻す女性なんて〈クロースアップ〉好みじゃないから、悪いね」
「でも、奇跡が起こったら――」
「無駄、無駄。それよりも、ほら、奇跡の人なら、本物がそろそろ登場する時間だよ」

観客席に入ると、三人のコメディアンが観客の拍手を浴びて退場するところだった。笑いのほとぼりが冷めないなかで、スタッフが極彩色《ごくさいしき》の大きな文字盤を何台も舞台の上に運び出す。

文字盤は円形で、中心の軸で車に作られている。盤は数多くの放射線で区切られ、その中に文字が書き込まれていて、二台は漢字、他の数台は数字だった。

スポットライトの中に司会者が現われた。司会者がいよいよ「袋くじ」の抽せんに移りますと告げると、音楽はファンファーレを演奏し始める。照明がきらびやかな色に変わり、舞台の左右から、玩具のような弓矢を持った踊り子が登場する。

全日本寺社連盟主催の袋くじは恒例の年一回だったが、従来の宝くじの十倍という特賞賞金の高額が人気を集め、毎年発売日の年末には各地の特設売場で怪我人が出る騒ぎとなる。一般愛好者の年一回では少なすぎるという声も起こって、この年の六月、連盟は臨時特別興行を打つことになった。その抽せんが今、イヴ劇場で開催されているのだ。

寺社連盟ではくじの発売を「興行」などと呼び、江戸富くじ以来の仕来たりを守っている。無論、改良された部分もあって、抽せん方式もその一つだ。古くは大きな箱に番号札を入れ、その小穴から錐《きり》で突き当てる方式だったが、それを平明な文字盤に変えたのだ。その発案者は『竪亥録《じゅがいろく》』にその方式が説明されており、宝くじからの盗用ではないと言った。

今、舞台ではそれぞれの文字盤に、踊り子の射る矢が打ち込まれ、下位からの当選番号が選ばれていく。

特賞は全国で売られたくじのうち、唯一枚。

御堂一弥の言うとおり、あと何分かの間に、確実にそのくじを持つ奇跡の人が誕生するわけだ。

ただし、百合子は今度の袋くじを買っていなかった。奇跡の人になる権利はないわけだが、それだけ冷静で、その男に早く気付いたのだ。御堂一弥には見事外された勘が、何やら疼《うず》きだしたようだ。

その男はあまり風采《ふうさい》のあがらない、中年のサラリーマンといった感じで、観客席の端の通路側に席を取っていた。百合子が気になったのは、その男の表情がどこか他人と違っていたからだ。

たとえば、そのすぐ前列にいる男は居眠りを始めていたし、横の席の中年の女性二人は舞台に目もくれずお喋《しゃべ》りに夢中だった。片手にくじを持ち、発表された番号と見較べている観客も多かったが、そのほとんどはあまり熱心ではない。大方の番号が出《で》揃《そろ》うころには、ほとんどの観客は自分のくじに拘《こだわ》りを失っていたのだが、その男だけは両手でしっかりとくじを持ち、上目遣いに舞台を睨《にら》み付けたまま、微動もしないのだ。

特賞番号の上五桁《けた》の番号が決まったとき、男は目の色を変えて座席から乗り出した。

百合子は舞台下手の出入口に立って観客席を見ていたのだが、無意識のうちにカメラに望遠レンズを付け、中腰になってファインダーからその男を見た。

特賞六桁の番号が選ばれた。

レンズを通して、男の眉《まゆ》の上の黒子《ほくろ》まで手に取るように判る。男の目は更に大きくなり、しきりに舌で唇を舐《な》め始めた。そして、大きく一つうなずき、今度は目を閉じた。

――当たったに違いない。

百合子はシャッターを切った。

袋くじの特賞を射止めた瞬間の表情――奇跡の人になったときの男の顔なら、クローズアップの編集長が大喜びするはずだった。

特賞六桁の数字が決まり、次にはその組が選ばれる。

――当たれ。あの男に、当ててやってくれ。

百合子は祈りながらシャッターを押した。

甲寅《きのえとら》組一二六二〇八番

その瞬間、男はぐったりしたように座席に背をもたれ、太い息を吐いてから、手に持っていたくじを内ポケットに入れようとした。男の両傍の人達は全く無関心だったが、百合子には男の両手がぶるぶる震えているのが見えた。男は全く定まらない手付きでくじをしまい終えると、胸の上にしっかりと手を当て、肩を竦《すく》めて、そっと両隣りを窺《うかが》うような目になった。

百合子はそれを見て、当たったな、と確信した。すると、自分が特賞を引き当てたみたいに心臓がどきどき言い始めた。

しばらくすると、男は席を立とうとした。二、三度尻《しり》を上げ下げしたのは、興奮で足に力が入らない証拠だった。特賞が決まればすぐ休憩だが、それまで待ち切れないのだ。男はよろよろしながら、後ろの出口へ向かう。百合子もカメラをバッグに押し込み、背後の出入口から廊下に飛び出し、ロビーに急いだ。

広いロビーは人がまばらだった。

袋くじの受託銀行の腕章を着けた顎《あご》の長い男が、びっくりしたような顔で百合子を見送った。

　黒子の男はすぐ正面の出入口のドアを重そうに押して出て来た。ひどく疲れた顔で、隅のソファに腰を下ろして煙草を口にくわえる。百合子はさり気なく傍に寄りライターで火を付けてやった。

「こりゃ、どうも」

　指の震えは収まっていたが、膝《ひざ》が貧乏ゆすりをしている。指の震えが膝に移ったのだろうか。

「お目出度《めでと》うございます」

　百合子は相手を驚かさないように、なるべく鼻に掛かった声でそっと言った。

「はあ？」

　男は口を大きく開け、だらしなく煙を吐き出した。

「見事、特賞に輝きましたね」

　男はびくっとして百合子を見、掠《かす》れた声で言った。

「あんたは、一体、何だ？」

「クロースアップの者です。写真を撮らせて下さいね」

「こんな顔がどうにかなるのかね」

「クロースアップのトップ記事になるわ。袋くじ特賞を射止めた奇跡の人。世間の人達はあなたにあやかろうと、あなたの写真を切り抜いて財布の中に入れますよ」

「……あんたは正気なのかね」

「隠してもだめ。あなたは嬉《うれ》しさのあまり、胸を押えていたでしょう」

「……あれは、胸が苦しくなったからだ」

「矢張り当たったんですね」

「当たったとも。五十枚も当たった」

「五十枚も？」

「ああ、六等賞が五十枚だ。その五十枚を当てるために、何枚のくじを買ったか知っているか」

「……さあ」

「千枚だぞ、千枚だ、畜生。胸が苦しくなって悪いか？」

「当然でしょうね……でも、どうしてそんなに？」

「車契《しゃけい》のせいだ」

「車契……」

「うん、薬小路《くすりこうじ》車契。奴の占いを信じた俺が阿呆《あほう》だった」

「……じゃ、特賞じゃなくて？」

「もう、これ以上くじの話をするな。この劇場を叩《たた》き潰《つぶ》してやりたいほどだ」

男は内ポケットから紙片を取り出した。くじではなく、細かな数字がびっしり並んでいる。くじの控えのようだ。男はそれをずたずたに引き裂くと床に撒《ま》き散らし、よろよろと立ち上がって正面玄関から出て行った。

「毎年、何人かは、ああした方が必ずいらっしゃいます」

気が付くと、腕章を着けた銀行員が百合子の傍に立っていた。二人の話を聞いていたらしい。

「特賞なんて、絶対に当たるもんじゃありませんよ」

銀行員は長い顎を撫《な》でた。

クロースアップの編集長は、百合子が持ち込んだ写真にざっと目を通した。

「これが、昨日、千枚のくじに外れた男ね」

「そうなの。面白いと思いません？」

「ちっとも。この男が、車契とかいう占い師をめった刺しにしているところなら別だがね」

「じゃ、御堂一弥のほうは？」

「……これもねえ、女房が金《きん》に踊らされているのに頭を痛めている亭主、てんじゃどうも」

「冴《さ》えませんかね」

「この前みたいのはもう撮れないの?」

この前の写真はアイドル歌手が全裸でヨーガのポーズを作っているところの隠し撮りだった。その歌手は取材に来た百合子が女性だったので無防備だったのだ。

「ああいうのは、どうも後味がよくありませんからね」

「そうかなあ……おや?」

編集長は御堂一弥が写っている一枚を取り上げた。

「御堂一弥はシェパードを飲むのかね?」

御堂は鏡台を背にしてその鏡台にはシェパードのウイスキーボトルが置かれていた。

「御堂さんは一時禁酒していましたわね。また、飲むようになったのかしら」

「禁酒はどうでもいいんだがね」

編集長は何かそのボトルに拘っている。瓶はずんぐりした筒型で、派手な金色のラベル。一目でシェパード社の特級ウイスキーだということが判る。

「シェパードがどうかしたんですか」

と、百合子が訊いた。

「酒滅連に狙《ねら》われているらしいんだ」

「……シュメツレンて、何ですか」

「あれ、白岩《しろいわ》ちゃん、知らなかった？」

「ええ、ずっと御堂さんに掛かりきりでしたから」

「世界酒類撲滅《ぼくめつ》連合会で酒滅連。人類に害と狂気とを与える酒類を撲滅しましょうと叫んでいる連中だ」

「……芸能界じゃないんですか」

「そう、醸造界の話。白岩ちゃん、お酒は好きだろ」

「ええ、芸能界の次の次ですけど」

「だったら、気を付けたほうがいい。今に酒が買えなくなるかもしれない」

「嘘《うそ》……」

「真面目《まじ》だよ。今まで、酒滅連は醸造会社へ醸造中止の文書を送り続けて来たんだが、一向に相手にされないというんで、今度はシェパード社の工場に火を放った」

「……正気の沙汰《さた》じゃありませんね」

「だから恐いよ。何をするか判らない」

「その人達は、この世からお酒がなくなることを、長い間夢見ていたんでしょうねえ」

「どうだい、白岩ちゃん、醸造界なんかも覗《のぞ》いてみたくはないかい」

「……酔って帰れなくなってしまうと、困りますねえ」

そのとき、百合子の傍で、長い電話を掛けていた社員が受話器を置き、編集長にメモを渡した。編集長はおやという顔でメモを見ていたが、

「すぐ、この男のところに電話して、いつ取材に行ったらいいか、問い合わせてくれ」

と、その社員に言った。そして、百合子のほうを向いて、にやっと笑った。

「白岩ちゃん、袋くじの仇《かたき》が取れるよ」

「仇？」

「そう。今、さるところから情報が入って、奇跡の人が見付かった」

「……袋くじの当せん者なんですか」

「そう。正真正銘の特賞を引き当てた、一人の男だ」

「一体、誰なんです」

編集長はメモに目を落とした。

「和来友里《わらいゆり》。目黒に住む、三十七歳の男性だ」

「和来……どこかで聞いた名だわ」

「おや、白岩ちゃん、実業界にも精《くわ》しいの」

「実業界の人なんですか」

「そう、スマイルという文具製造会社の社長だという。知っているかい？」

「……どうも、わたしの記憶とは違うようね。でも、貧乏人じゃなさそうですね」

「貧乏なもんか。目黒の祐天寺《ゆうてんじ》に豪邸を持っている男だ」

「……全く、神様ってのは、不公平なことをするものね」

「そうさ。そういう人間のところへは、寝ていても金が転がり込んで来るのさ」

「そんなお金は、邪魔じゃないのかしら」

「邪魔だったら、最初からくじなんか買わない」

「それは、そうね」

「だから、その和来氏のにたにた顔を撮って来てくれ」

電話に取り付いていた社員が、編集長に言った。

「どうやら、各社から電話が殺到しているみたいですよ。それで、明日の十時、自宅で記者会見をする、と言っています」

「……気に入らないな。極秘の情報だったんじゃないか」

「そうなんです」

「まあいい。それじゃ白岩ちゃん、頼んだよ」

百合子はそのとき、まだ、和来友里の正体が判らず、ただの奇跡の男としか考えていなかった。

翌日、百合子が車に撮影器材を積んで祐天寺に行くと、和来家の囲《まわ》りは報道関係の車でごった返し、テレビの中継車まで来ていた。

遅かった百合子はかなり離れた場所にエッグを停《と》め、和来家の玄関に駆《か》け付けて、早速、表札の出ている門柱をカメラに収める。

家はクリーム色の二階建てで、表からはさほどではないが、案内されて庭に出ると、奥はかなり広い。紫陽花《あじさい》の花盛りで、池の中には小さな魚が見える。

会見場はその庭に面したサンルーム。テレビ局員が大童《おおわらわ》の状態だった。今、記者用の椅子《いす》を揃えていた男がふと顔を上げた。それは百合子が最近、覚えたばかりの顔だった。

「あら……」

男は口を窄《すぼ》めた。長い顎が余計長くなった。

「一昨日もお目に掛かりましたわね」

「……そうでしたか」

「福良銀行の方でしょう。一昨日はイヴ劇場にいらっしゃった」

男は目を細くした。年齢は三十五、六。色の白い、好男子の部類で、

「そうでした。お嬢さんはクロースアップの方でしたね」

何となく、遊蕩《ゆうとう》めいた口のきき方をする。男は名刺を取り出した。それは、百合子に一歩近付きたいためのようでもあった。

名刺には福良銀行袋くじ部、営業部長、六原洋介《ろくはらようすけ》という文字が印刷されている。

「いろいろ、お忙しいんですね」

「ええ、和来さまとは、私が祐天寺支店のときからのお付き合いでして」

「あら、そうでしたの」

「私としても嬉しいことです。私どもの銀行を知らないような方に特賞をさらわれるより、ずっと気分がよろしいですものね」

「……それは、そうでしょうね」

「和来さまほど、運の強い方を、ちょっと知りません。まず、生まれた家がご裕福、秀才で一流大学をすいすい。事業を始めると、これが大当たりで、美人の奥様がいらっしゃる。私など、運が分けられるものなら分けてもらいたいですよ、本当に」

そのうち、撮影の準備が整い、報道関係者はそれぞれ定められた席に着く。

ライトがつけられると、福良銀行の六原の先導で、和来友里と妻の千賀子《ちかこ》が正面のテーブルに着いた。

和来友里は骨太のがっしりした四角な顔で、紺の背広の肩幅がかなり広い。大きな手を組んでテーブルに乗せた姿は、あまり福相とは見えないのだが、妻の千賀子は一目で良家の令夫人。品の良い若紫の小紋に銀の帯で、胸の幅は横にいる和来の半分しかなかった。六原の言うとおり、日本画を見るような美人だった。

福良銀行の六原が和来夫妻を紹介して、すぐ質問になる。和来は終始照れ臭そうな表情で言葉少な。ときどき千賀子のほうを見ては助言を求める。千賀子は細い声だが、はっきりとした口調で質問に答えた。

「くじはお好きなんですか？」

「……いや、ときどき、気が向くと、という程度で」

「今度の場合、予感というようなものがあったんですか」

「いや、特に、ありませんでした」

「では、気紛れに、お買いになった？」

「まあ、そうです。酔って歩いていて、売場が目に付いた……そんなところです」

「お買いになったのは、どこのくじ売場でしたか」

「……新宿だったかな」

「あなた、有楽町だとおっしゃっていましたわ」

と、千賀子が口を挟んだ。

「そうだったかな」

「ええ、有楽町の袋くじセンターだと聞きましたわ」

「……だ、そうです」

と、和来は苦笑いしながら言った。

「でも、お当てになる気はあったんでしょう？」

「それは、皆さんがくじを買うときと同じでしょう」

「それが、見事特賞に当たったときのご感想は？」

「家内から電話でそう聞かされたんですが、とても信じる気にはなりませんでした」

「じゃ、当せん番号をお調べになったのは？」

「家内です」

「奥様、そのときのお気持ちをお聞かせ下さい」

「わたしも同じですわ。自分の目が信じられなくて、それで会社へ電話をして、和来が帰宅してから二人で当せん番号を確かめて、やっと本当に当たったんだと納得しました」

「奥様が調べられなかったら、ずっとそのままだったかもしれませんね」

和来はうなずいた。

「多分、そうでしょうな。くじを買ったことも忘れかけていたところですから」

「その賞金で、どんなものをお買いになりますか」

「……まだ、決めていません」

「当せん番号を確かめた奥様に、お分けになる気持ちはありますか」

「多分——充分に持って行かれるでしょう」

「賭《か》け事はお好きなんですか」

「競馬を少し」

「お勝ちになったことは？」

「あれはだめです。いつも取られてばかりで」

「他のご趣味は？」

「ゴルフと、釣りですかな」

「どんな釣りでしょう」

「渓流ですかな。自分で毛鉤《けばり》を作ったこともあります」

「では、その、当せんくじをお見せ願えませんか」

和来は内ポケットから黒皮の札入れを取り出し、中から一枚のくじを取り出した。

「それを、こちらに向けて下さい。そして、お笑いになって」

一しきり、カメラのフラッシュが散った。和来は顔をこわばらせた。

「済みません。もっと嬉しそうに」

「……元元、こんな顔なんですよ」

「こちらを向いて下さい」

と、左側のカメラマンが言った。

和来はふと、声のほうに顔を向けた。そのとき、初めて和来の右の頬《ほお》が見えた。何気なくその横顔を見た百合子は、どきっとした。

四角に張った顴骨《けんこつ》の上から喉《のど》にかけて、深い傷痕《きずあと》が見えたからだった。傷を持つ和来の横顔は、正面を向いた印象とは、劇的とも言いたい変貌《へんぼう》ぶりだった。青年実業家とはとても思えない、その傷の形は卑《いや》しく、下品な険相を剝き出しにしていたのだ。

そして、その顔は百合子にある事実を想起させた。

記者の一人が和来の名と笑いに引っ掛けた下手《へた》な洒落《しゃれ》を言った。和来の笑顔がやっと本物になった。そこで、またフラッシュが氾濫《はんらん》した。

笑いが静まるのを待って、百合子が発言した。無意識に、席から立っていた。

「一つだけ質問させて下さい」

和来が百合子のほうを見た。

「何でしょう」

百合子は急《せ》き込んで、一息に喋った。

「和来さん、あなたは二月《ふたつき》前にも奇跡の人だったんじゃありませんか？」

和来の顔から、みるみる笑顔が消えていった。

会場の雰囲気も変わった。

えっ、どんな意味？　何だ、そりゃ？　お、真逆《まさか》……。いや、そうだ。あの人なんだ……。

記者の間から、そんな声が切れ切れに飛び交う。

六原が立って、混乱を静めるように手を振った。

「今のご質問ですが、私にはちょっと意味がよく判りませんでした。一体、どういうことなのでしょう？」

百合子は大きな声で言った。

「違ったらお詫《わ》びします。二月前、栃木でバスの転落事故があり、六十人を越す死者が出ましたね。そのとき、奇跡的にただ一人、生命を取り止めた方がありました。その方の名が、確か和来さんと記憶しているのですが」

会見場にどよめきが起こった。

その中で、当の和来だけが落ち着いていた。その質問が出されるのを予《あらかじ》め覚悟していたようでもあった。和来は言った。

「おっしゃるとおりです。あのときの被害者六十三人の中で、どういう運命なのか、私だけが助かりました」

百合子が電話を入れておいたので、クロースアップの編集部には事故の資料が揃えられていた。

百合子は夢中で資料に目を通したが、記者会見で和来が述べたとおり、ちょっと信じ難い事故だった。

事故は四月十五日、栃木県の叔母返り渓谷で起きた。国道を通行中の定期バスが、道路から約三十メートル下の叔父川の河原に転落。タンクが破壊されて燃料に火が入り炎上したという惨事だった。

事故は数分後、同じ場所を通り掛かった乗用車の運転手によって発見され、すぐ救助活動が始まった。バスの乗客は、運転手を含めた六十三名だったが、ほとんどが転落時のショック、打撲傷などで死亡、わずかに破れた窓などから脱出を計った人達がいたが、転落の後に起こった燃料の爆発にあって火傷を負い、病院に運ばれた大部分がその日のうちに死んだ。場所が深い渓谷のため、救助活動が手間取ったことが災いになった。

ただ、その中で奇跡的に命を取り止めた男が一人だけいて、それが和来友里だった。和来は救助隊のヘリコプターで病院へ収容された一人だったが、翌日になって意識を取り戻した。和来は全身に傷を受け、一時は担当の医師が、家族に助かる見込みはまずない、とまで言った。和来の右頰の傷は、そのときのものだった。

事故当時、目撃者はなかったが、現場検証の結果、バスは右カーブの道を、直進したままガードレールを破って河原に転落したことが判った。バスはブレーキを踏んだ形跡がなく、スピードはそれほど出ていなかったようだった。原因としては、最初は運転手の居眠りの疑いが強かったが、運転手の屍体《したい》解剖で、心筋梗塞《こうそく》を起こしていたことが判った。運転手はバスを運転中、突然心筋梗塞を起こして失神し、運転が不可能になったのだ。

運転手は竹田清造《たけだせいぞう》といい、運転歴二十五年のベテランだった。ただ、二、三年前から、ときどき心臓の動悸《どうき》を家族の者に訴え、心臓病の漢方薬を常用していた。一週間ほど前にも強い動悸があり、家族の者に心臓の専門医に診てもらうと洩《も》らしていた矢先の出来事だった。

死亡者のほとんどは叔母返り渓谷の観光客と、釣り客だった。普段は比較的観光客の少ない土地だったが、ある週刊誌が秘境の桜として叔母返り渓谷を紹介してから、渓谷を訪れる観光客がいつになく多くなっていた。

和来は渓谷へ釣りに来て、たまたまこのバスに乗り合わせた。連れはなく独りだった。警察の調べで、和来はバスの後方に乗っていたところ、走行中に突然運転手がどうしたことかぐったりとして、ハンドルに凭《もた》れかかったのを見た。その直後、バスはガードレールを突き破り、あっと思ったときは車内は轟音《ごうおん》に包まれ、何回かもんどりを打って谷底に落ちていった。和来は破れた窓から外に這《は》い出したのだが、その直後に爆発が起こり、意識不明になった、と言う。

「六十三人の中の一人、だけだったら我慢ができるわ」

と、百合子が言った。

「しかし、選《よ》りに選って、その同じ人が、今度は袋くじの特賞を引き当てたのよ」

亀沢《かめざわ》編集長は口を尖《とが》らせる百合子を見て、悟ったような言い方をした。

「つきはつきを呼ぶって言うだろ。よくある奴さ」

「よくあってはたまらないわ。編集長達の小博打《ばくち》じゃあるまいし」

「小博打だと？」

「それとも、大博打？」

「……そう言われると、小博打の口かな」

「そうでしょう。袋くじに当たること自体、何千万に一の確率なのよ」

「すると、あの事故で生還した男が袋くじに当たったとすると、何千万六十三分の一の確率ということになるわけか」

「違うんだってば。こんなときは、足し算でなく、掛け算をするぐらい、学校で習ったでしょう」

「……そうだったかな」

「すると、何億分の一の確率になってしまうわ。そんなこととても信じられません」

「白岩ちゃんが信じようと信じまいと、それが事実なんだから仕方がないだろう」

「……どうも、気に入らないんだなあ」

「また、例の、女の勘かね」

百合子が撮ったばかりの和来の写真が焼き付けられて来た。

百合子は和来の顔を見直した。

当たりくじをカメラのほうに向けた和来が笑っている。気のせいか福の神と言っても悪くない表情だった。そして、凶相めいたもう一つの横顔。一つの顔が福を呼び、もう一つの顔が災いを呼んだのだろうか。

百合子はバッグからルウペを取り出した。

「何を見ているんだね？」

「くじの番号を確かめているんです。もしかして、違うくじかもしれない」

「ほう……和来が皆を欺して、どうしようというんだね」

「そこまでは判りません。でも……矢張り当たりくじですわ。甲寅組一二六二〇八番。間違いありません」

「そこまで疑うなら、抽せん方法も問題にしないといけない」

「そうですわ……二千人の観客の前で抽せんが行なわれ、それがテレビで全国に流されたのに、誰もそのいかさまを疑わなかった、とすると、素晴らしいわ」

「抽せんにいかさまが仕掛けられそうだったかね」

「……いいえ」

「そうだろうな。そんなことがあったら、銀行の信用に関わってしまう」

「矢張り、和来さんがくじを当てたのは運が良かっただけのことか。とすると、バス事故のほうから攻めるか」

「あの事故におかしなところでもあるかい」

「……バスの運転中に、心筋梗塞だなんてね」

「偶然すぎる、と言うのかい」

「ええ」

「そう、滅多にあることじゃない。といって、全くあり得ないことでもない。最近、運転手だって高齢化して成人病の発生率も上昇しているから、同じような運転中の失神事故は年間に百件も起こっているんだ」

「……そんなに？」

「叔母返り渓谷事故が出ている新聞に書いてある。まあ、多くは同乗者が気付いてブレーキを掛けるかして、直接、大事故につながることは少なかったんだが、運が悪くて今度のような大量の死者が出る場合だってあり得ないことじゃない」

「……でも、たった一人の生存者なんてね」

「それが、運さ」

「こう考えているの。一人だけの生存者だから、和来さんはどんなことでも言えたんじゃないかしら」

「……なるほど」

「こういうのはどうかしら。その、竹田という運転手は事故の起こる以前、すでに死亡していたの」

「……ほう、奇抜だね」

「和来はそれに気付いて、一時、車を止めるんですが、咄嗟《とっさ》にある考えが起こって、自分でバスを運転し、時機を見てバスを谷底に転落させてしまう。そのとき、自分はいち早くバスから跳び出し、被害に遭ったように装うというわけ」

「なるほど、それだと、一応、和来は奇跡の人じゃなくなるな。しかし、なぜそんなことをするんだ」

「和来さんが殺したいと思っていた人物が、その車に乗っていたから」

「……しかし、和来には連れがなかったと言うじゃないか」

「事故で死んだ人達の名簿を、もう一度洗い直す必要があると思う」

「それにしても、だ。和来はそんなことで、乗客の全てが死ぬと思ったのかね。もし、一人でも生存者がいたら、和来の殺人計画は全部明るみに出てしまう」

「ですから、和来はバスを転落させた後、自分も河原に降りて行き、まだ息のある一人一人を叩き潰していく……」

「どうも──嫁入り前の女性が考えることじゃないね。だから、若い男が寄り付かないんじゃないか」

「わたしはお嫁には行きません。叔母返り渓谷に行きます。この目で事故の現場を見るんです」

亀沢はほっと太い息を吐いた。

「白岩ちゃんぐらい、奇跡が嫌いな人も珍しい」

和来友里、三十七歳。東京都目黒区祐天寺の生まれ、幼時より秀才と謳《うた》われ、一流大学の経済学部を卒業して、製薬会社に入社したが、三年で退社、今のスマイル社を設立した。和来は子供の心をつかむ文具用品を次次と製造して人気を呼び、たちまち会社は急成長を遂げた。蟹《かに》座、血液はA型。趣味は釣り、ゴルフ。好きな女性は女優の貝塚柚木子。

妻の千賀子とは三十歳で結婚した。千賀子は外国航路のスチュワーデスだった。あるとき、高所恐怖症の乗客と出会い、面倒を見てやったが、それが和来友里だった。和来はそのときから千賀子が気に入り、持ち前の強引さを発揮して結婚にこぎつけた。現在、千賀子は三十一歳。乙女座、血液はO型。趣味はカラオケに観劇。好きな男性は相撲の新川。

「和来氏なら、昨日のテレビで見ただ」

と、駐在所に詰めている中年のほうの巡査が言った。

「世の中にゃ、何ちゅう運の強え男がいるものかいと思ってね」

百合子が駐在所の横に車を停めたとき、巡査はゴミ箱に首を突っ込んでいる野良犬を追い払っているところだった。野良犬が出て来なかったら、椅子に凭《もた》れてうつらうつらしているところだったろう。

もっさりした中年。並みの人より目が上のほうに付いているようだった。紺の背広に制帽をかぶっていたが、制帽の庇《ひさし》に目が隠れてしまいそうで、長い鼻ばかりが目立つ顔。

巡査は百合子が渡した名刺をひねくり廻した。

「クロースアップのスタッフ——ちゅうと」

「フォトウイークリイマガジン。東京で一番売れている週刊誌だわ」

「人間社ちゅうと、週刊人間が有名だべ」

「あれはもう古いの。これからはクロースアップの時代よ」

「そうだべか。東京じゃ次次と新しい週刊誌が出来ては潰れるだね」

「潰れるだけは余計よ。それで、和来氏が四月に事故に遭った現場を見に来たの」

「この車で東京から来ただか」

巡査は百合子のおんぼろエッグを見廻した。

「東京にゃまだもの持ちのええ娘がいるだね。きっとええ嫁になれるだ」

「お婿さんを捜しに来たわけじゃないのよ。クロースアップの材料を見付けに来たの。今、バスが落ちた崖《がけ》の上を見て来たけれど、まだガードレールが滅茶滅茶なままだったわ」

「予算が思うように取れねえのだと」

「当時はさぞ大変だったでしょうね」

「そんだとも。何しろ、お前のめえだが、村始まって以来の大事件だべ」

「お巡りさんも現場にいらっしゃったんでしょう」

「そう、報《しら》せを受けて、おらが第一番に駈け付けただよ。河原は油と血と肉の焼ける臭い、阿鼻叫喚《あびきょうかん》、地獄もかくやと思うばかりであったよ」

「じゃ、何人かはまだ生存者がいたんですね」

「そんだ。七、八人はまだ息があっただ。それが、救急隊の来るのを待ち切れねえで、次次と冷たくなっていく。何とも悲惨なことであった」

「その中の一人に和来さんがいたわけね」

「そう。あの人だけが最後まで生きていただ。心臓が強かったんじゃねえべか」

「そのとき、和来さんはどんな状態でしたか」

「どうもこうもねえ。皆、血塗《ちまみ》れで、誰が誰やら判らなかっただよ」

「そうでしょうねえ。とすると、和来さんが怪我人を殺していったわけではない」

「何だと？」

「いえ、独り言。じゃ、どうでしょう。瀕死《ひんし》の怪我人に話し掛けられたことは？」

「そりゃあ、もう、苦しいとか、助けてくれとか」

「もっと、立ち入ったことは？」

「立ち入った――ちゅうと？」

「たとえば、自分は誰かに狙われていた、とか、これは事故に見せようとした殺人事件だとか」

「……お前は一体何を考えているんだね」

「もしかして、これはただの事故ではなく、何かの陰謀ではないかと疑っている人がいるの」

「誰だべ」

「うちの編集長」

「東京じゃ、そんな噂《うわさ》が拡まっているだかね」

「拡まっちゃいません。編集長がそう言うだけですから」

「じゃあ、そ奴はおっちょこちょいだべ。病院の報告で、ちゃんと警察は事故原因を発表しているだよ。ありゃ、竹田運転手の病気が原因であった」

「じゃ、疑いの余地は全くなかったんですね」

「そんだ。お前も辛《つら》かろうなあ。そんなおっちょこちょいの編集長に使われて」

「そうなんです。身になって頂戴《ちょうだい》よ」

百合子はちょっと甘ったるい声で言った。

「でも、折角ここまで来たんですから、墜落現場まで降りてみたいの。実は、お花を買って来たんです」

「そうだか。いや、心優しい娘だ。道ならばこの傍から降りればいいが、そのエッグじゃ無理だべ」

「歩くとかなりありますか」

「その細え足じゃな。こうすべ、俺がバイクで連れて行ってやるべ」

「本当ですか。わあ、素敵だなあ」

巡査は若い巡査に、ちょっくら案内して来ると言った。若い巡査は大丈夫ですか大《だい》道寺《どうじ》さん、と心配そうな顔をした。

大道寺は百合子にヘルメットを渡し、自分も制帽をヘルメットに替えたが、矢張り目が上に付いているため、外が見にくそうだった。

バイクはミフネスポーツB三百五十CC。

大道寺は百合子に、自分の腰にしっかりしがみつくように言って、バイクをスタートさせる。下りの山道だが、大道寺の腕はなかなからしかった。それでも岩に乗り上げてひやりとする場所もあって、バイクは叔父川の河原に到着した。

バスの車体は片付けられていたが、崖の下にはまだ黒く焼け焦げた破片が、山に片寄せられている。百合子は身体に括《くく》り付けて来た花束をその場所に供えて手を合わせた。

見上げると無残に折られた木の大枝が生生しい白い傷口を開けている。あとは川のせせらぎと鳥の声。とても大惨事のあった場所とは思えない。

百合子は河原を歩いてみた。ところどころに血の染みのような石が見える。その間にはガラスの破片のようなものが光っている。

「さあ、拝んだらば、早く帰るべ」

と、大道寺がうながした。

「もう少し、ここにいたいの。道は覚えましたから、お巡りさん先にお帰りになってもいいわよ」

「……残って、何をするだ」

「別に」

「妙なことをする考えではねえべな。現場検証なら、すっかり済んでいるだ」

「そのくらい判っています」

「素人がこそこそ嗅ぎ廻っても何が出るわけでもねえ」

「もう少しだけ」

「弱った娘だな。お前独りにして帰るわけにもいくめえ」

「何かが出るんですか」

「モモンバアが出る」

「モモンバア、って何です」

「モモンガアの年を取った奴だべ」

そのとき、低い茂みの中に動くものが見えた。百合子は低く叫んで大道寺の傍に寄った。

「何か、いたべか」

「あすこ……ほら」

大道寺は屈《かが》んで石を拾って身構えた。

「モモンバア？」

「なんの。犬だ。さっきの野良だべ」

大道寺は礫《つぶて》を投げた。その先で犬がきゃんと鋭く鳴き、走り去る影が見えた。

「さあ、帰るべ。長くいると、碌《ろく》なことがねえだ」

「……ちょっと待って下さい」

犬が走り去った後に、光るものが見えたのだ。

「何か、あるだか」

百合子は恐る恐る茂みに近付き、光る糸を拾い上げた。犬の足に絡んでいて、それが落ちたようでもあった。

糸は細いテグスで、その先に虫のようなものが付いている。

「何かしら？」

大道寺が近寄って来た。

「こりゃ、毛鉤だな」

「毛鉤？」

「これで、ヤマメを釣るだ」

「……そう言えば、虫の餌《えさ》が付いていますね」

「ようく見なさいよ。それは本物の虫じゃねえから」

「……本当。虫みたいな羽根に見えるけど、何かの毛で作ってあるわ」

「それが毛鉤ちゅうもんだ」

「こんな作り物で魚が釣れるんですか」

「釣れるから面白え。その鉤でこう、水面をすうっと流す。するちゅうと、ヤマメのなるだ」

奴は虫だと勘違いして飛び付いて来るだ。この味をしめたら、もう釣りが止まらなく

「和来さんも、確かここへ釣りで来たんでしたね」

「そんだ」

「ここは釣り人が多いんですか」

「あまり多くはねえだが、ベテランの間じゃちっと有名だべ」

「でも、いまは釣りをしている人が一人も見えませんね」

「ああ、あの事故以来、魚が掛からねえようになってしまっただ」

「……どうして？」

「ヤマメは敏感だからねえ。きっと、あの騒ぎにびっくりして、皆どこかへ逃げて行ったんだべ」

「ヤマメはそんなに悧口《りこう》なんですか」

「ああ、悧口だとも。だから、釣師は人間と魚の智慧《ちえ》較べだと、夢中になるんだべ。相手が阿呆では面白くも何ともねえべ」

「……本当。それで、この毛鉤も本物の虫そっくり、というんじゃないんですね」

「そう。漫画の似顔と同じだべ。写真みてえに描いた似顔はつまらなかんべ」

「なるほど、そういうものですかねえ」

百合子はしげしげとその毛鉤を見ていたが、それが、ある形に似ていると気付いて、きゃっと言って放り出した。

「全く、よく悲鳴をあげる娘だ」

「……だって、嫌らしいわ」

大道寺は毛鉤を拾い、ポケットからルウペを取り出し、一目見るなり、ぷっと吹き出した。

「これあ、男性自身ではねえだか。いやはあ、本物そっくりだ」

「警察ではそういう鉤を取り締まらないんですか」

「いやはあ、こういう鉤は見たことも聞いたこともねえだ。これに、ヤマメの奴が飛び付くとは、わははははは」

「猥褻《わいせつ》な声を出さないで下さい」

「しかし、取り締まるにしても取り締まらねえにしても、これは手作りだべ」

「そんなものを作るなんて、少し頭がどうかしているんじゃありません」

「そうではねえ。大体が釣りは遊び。同じ遊ぶなら、このぐれえのことはしねえと。いや、恐れ入った」

「男って、皆そうなんですねえ」

「まず、数ばかり上げようとする人間はこんなことはしねえ」

「……和来さんも自分で毛鉤を作る、と言っていたわ」

「テレビでもそう言っていただな」

「もし、この毛鉤が、和来さんの作ったものだとすると——」

ヘルメットの奥で大道寺の目が光ったようだった。

「和来氏が落として行ったものだとすると、どうなるだ？」

「釣り人というのは、普通、ポケットの沢山付いたジャケットを着て、リュックサックなんか背負っているわ。釣糸や鉤なんかはそんな中に入れて持ち歩くわけでしょう」

「まあ、そうだな」

「だったら、バスが転落して、毛鉤の付いた糸だけが外に飛び出すというのは不自然ですわ。それとも、和来さんはバスの中で糸と鉤を取り出していじっていたのかしら」

「バスは揺れるし、混んでいた」

「そうね。そんなところで小さな鉤を取り出すとは思えない。とすると、この糸と鉤はバスの中から外に出たのではなくて、元来、バスの外にあった、と考えるのはどうでしょう？」

「………」

「つまり、和来さんもバスの外にいた、というの」

「和来氏はバスに乗っていなかった？」

「そう。前からここにいて、とうに釣りをしていた。そのとき、バスが転落して来て、和来さんはその巻き添えに遭ったんです」

「そ、そりゃお前、警察の発表に難癖をつける気だか」

「難癖ではないわ。理詰めで考えているの。考えてもごらんなさい。バス事故で全員が死亡してしまったのに、和来さんだけが生き残っていた。というのより、和来さんは元元バスに乗っていなかったので、怪我だけで済んだのだと考えるほうがずっと自然じゃありませんか」

「……なぜ、和来氏はバスに乗っていたなどという嘘を吐《つ》いた？」

「和来さんは別に嘘を言ったんじゃないと思うわ。病院で意識を取り戻したら、被害者になっていた。傷は痛むし、面倒だから、警察の尋問《じんもん》に対しても、ただうなずいていただけなんでしょう。第一、奇跡の人と祭り上げられるのは悪い気もしなかったでしょうし」

「……ううむ」

「ねえ、お巡りさん。警察は神様じゃないんですから、ときには見落としもあるでしょう。一緒に、遺品を調べてみることにしません」

「遺品?」

「ええ。事故当時、ここには六十三人もの被害者の遺品が散っていたでしょう。でも、その中には誰の品か判らなくなってしまい、引取り手のない品もあったと思う。その品品はまだ警察が保管していますね」

「……んだな」

「その中に、釣竿《つりざお》なんかもあると思う。和来さんがバスの同乗者で押し通す気なら、釣りをしている状態にある釣竿を見せられて、これは自分のものだ、と言うことはできませんからね。――もし、その釣竿に結ばれた糸が、この毛鉤に付いている糸と同質のものであれば、バス転落時に、和来さんがすでにここで釣りをしていたという証拠になりますわ」

「……その必要があれば、我我がちゃんと調べるだ」

「素人の意見は聞けないと言うの」

「意見は意見、それはよろしい。だども、確証のねえことを喋ったり書いたりしてはなんねえぞ」

　大道寺は釣糸の付いた毛鉤を警察手帳の間に挟み込んだ。

「あら、それはわたしが拾ったものでしょう」

「いや、拾ったのはお前だが、一度、捨てたではねえか」

大道寺は手帳を内ポケットに入れてしまった。

実物はなくとも、極めて特殊な形をした毛鉤だから、和来がそれを作っていたことが確認されれば、百合子の説は実証されたのも同じことだ。

しかし、相手にどう問い質《ただ》すかが問題だ。

和来があくまでバスの同乗者だったことを押し通す気なら、すぐ、それを否定するだろう。また、そうでないにしても、結婚前の百合子に向かって、はい、私はそのような毛鉤を常常作っていますとは答えにくかろう。

妻の千賀子は知っているだろうか。知っていたとしても、そのような夫の趣味は矢張り肯定したくないだろう。また、和来にしても、その出来栄えを千賀子に見せびらかすとも思えない。和来が独り自室に籠《こも》って、こつこつ作っている姿なら、抵抗なく想像することができるのだ。

ともあれ、亀沢編集長に相談した上で次の作戦を考えようと、百合子は叔母返り渓谷を後にした。

翌日、クロースアップの編集室に入ると、連中は一枚の写真を囲んでわいわいやっていた。

百合子が覗くと、誰でもが知っている、シェパードのウイスキーボトルだった。

「酒滅連がとうとう飛んでもないことを考え出した」

と、亀沢が言った。

百合子の顔を見ても、叔母返り渓谷がどうだったとも訊かない。クローズアップの編集室では昨日のことが急速に古くなっていく。百合子は取り残されたような気分で亀沢の話を聞くことにした。

「白岩ちゃん、酒滅連がシェパード社の工場に放火したのは知っているだろう」

「ええ、その日のうち、声明文が出ましたね」

「そう。警視庁や各新聞社、テレビ局に文書を送り、あの放火事件は酒滅連の犯行であることを認めた」

「酒滅連は、聖戦だと主張していましたね」

「うん。この世の中から、一滴の酒がなくなるまで戦い抜くのだと。で、その聖戦の二弾が始まった」

「今度はどの社ですか？」

「今度もまたシェパード社。酒滅連はシェパード社に的を絞っている。そのほうが効果的だと思っているようだ」

「それで、また放火なんですか」

「いや、もっと過激だ。今度は、シェパードに毒薬を入れて、酒店に流したと言ってきた」

「……毒薬」

「さっき、警視庁に届いた声明文には、その毒入りのボトルも同封されていた。毒はアルカロイドでA―キニンという凄い奴。致死量は〇・一グラムと青酸ソーダ並みの上に、無味無臭ときている。こんな毒入りのウイスキーを飲まされちゃ、かなわねえ」

「そんなのが、市内に出廻るんですか」

「そう。全くの無差別。どこの誰が手にするか、全く判らない」

「警視庁に送り届けられたサンプルがその写真なのね」

「そう。犯人は市販されているシェパードを買って来て栓を開け、毒を投入して再び栓を閉めたんだが、どういう巧妙な手を使ったのか、外見だけ見たんでは、一度開けられたものかどうか全然判らないそうだ」

「そんなのに限って、そつがないのねえ。じゃ、全く犯人の手掛かりはないのね」

「……手掛かりかどうかは判らないけれど、警察の発表で気になったところがある」

「……それは？」

「警視庁に送られて来た小包の差出人は多分、偽名。差出人の住所は台東区なんだが、番地が出鱈目《でたらめ》だったそうで、まず、名前も架空のものだろう。それはいいんだが、ただ、ボトルのラベルにあった製造番号をシェパード社に問い合わせたところ、そのボトルの出荷先が判った」

「どこなんです?」

「北海道の釧路」

「遠いんですねえ」

「遠くて近きは酒色の仲だ」

「……その意味は判らないわ」

「これだけは判る。犯人の立場とすれば、同じ店で何本かのシェパードを買い、同時に毒を入れる細工を施して、その一本を警察に送った。そのほうが効率的だし、犯人は店員の前に顔を晒《さら》すわけだから、何度も店に足を運ぶようなことはしまい。危険は一度だけがいい」

「それはそうですね」

「だから、警察では小包のほうの住所は捜査を混乱させようとする目眩《めくら》ましで、酒滅連の本拠地は北海道だと睨んでいる」

「……酒滅連って、どんな連中なんでしょう」

「まず、女だね」

と、編集部の一人が口を挟んだ。

「アメリカで禁酒法を成立させたのも、女だった」

と、亀沢がうなずいた。

「その女には愛憎が絡み付いている」

「……愛憎ねえ」

「自分の最愛の男が、酒で身を滅ぼしてしまったのさ。それからというもの、女はもの狂いの状態になるわさ。おのれ憎いは悪酒かな。この世に酒さえなかりせば、こうした歎《なげ》きもあるまいものを――」

「何だか歌舞伎界みたいだ」

「そういう怨《うら》みは古くからあるのさ」

「なるほどねえ」

「それなら、男にもあるわよ」

と、百合子が抗議した。

「自分の最愛の弟が、新宿の遊廓で身を滅ぼしてしまうの。兄はそれを口惜《くや》しく思い、新宿の遊廓をすっかり取り潰してしまうんです」

「男も、やるね」

「だから、犯人が女と断定することはできないでしょう」

「それも一理だ」

「それで、犯人は何本のボトルをばらまくという声明をしたんですか」

「シェパードの一本だけさ」

「……一本？」

「そう。一本だって、その効果は絶大だろう。誰だって、死を引き当てたくはないからね」

亀沢はそこまで言って、改めて百合子の顔を見た。

「引き当てたと言えば、特賞を引き当てた和来氏のほうはどうなった」

「それが、少し眉唾《まゆつば》なんです」

「……すると、矢張り和来がまだ息のある乗客の頭を叩き潰して？」

「いえ、そうじゃないんですけれど、和来さんがあのバスに乗っていなかったという可能性が出て来たの」

百合子は叔父川の河原で見付けた毛鉤のことを話した。

「ということは、袋くじの当せんも疑っていいんじゃないかしら」

「……そうか。和来が奇跡の人じゃなかったとすると、急にそのほうも怪しくなる」

「でも、抽せんは多勢の前で行なわれたのだし」

「待てよ。変造という手がある」

「和来さんが、当たりくじを作り変えたんですか」

「そうだ。僕たちが見たのは当たりくじの写真だけだからな。変造されたとしても判らない」

「……和来さんはくじを現金に換えたのかしら」

「換えたとすると、本物だ」

「そうだわ。福良銀行の六原さんに聴いたらすぐ判る」

百合子はバッグから六原の名刺を取り出した。すぐ、ダイヤルを廻そうとすると、亀沢はその手を押えた。

「ついでに、毛鉤のことも訊いてみるといい」

「……あの鉤ですか」

「うん。男ってのは、男同士になると妙なものを自慢したくなるもんなんだ。銀行員なんか、いい相手だ。ひょっとすると、和来は自製の毛鉤を六原に見せびらかしたかもしれない」

「……でも、あれの鉤だなんて、ちょっと口にしにくいわ」

「いいかい、白岩ちゃん。そんなときははっきりと言ったほうがいいんだ。あれ、だの、あの、だのは一切駄目。遠廻しや匂わせたりするのも禁物」

「……そのもの、ずばりを口にすればいいのね」

「そう」

「言ってみるわ」

六原はすぐ電話に出た。六原は百合子のことを覚えていて、用件も聞かないうち、今度ぜひご一緒にお食事がしたい、と言った。

「済みません、今日は野暮用なんですけれど、和来さんはもう当たりくじを現金に換えたでしょうか」

「ええ。とっくにお換えになりましたよ。何でも、そのくじを見たいという多勢のお友達から電話が掛かって来るので、うるさくて仕方がない。早く現金にしてしまおうということでした」

「……じゃ、問題はなかったんですね」

「何の問題ですか」

「いえ、いいんです。……それから、もう一つ。これも、和来さんのことなんですけれど」

「はあ……」

「和来さんのペニスの鉤をご覧になったことがあるかしら？」

「和来さんと、ゴルフならご一緒したことがありますが、テニスのほうは見たことがありませんが」

「テニスじゃないんです。和来さんのペニスなんです」

「……済みません。ちょっと電話がはっきりしないようなんです。今、何とおっしゃいました？」

「和来さんのペニス」

「……いや、どうも。これは、これは。大変、残念なんですが、まだ、そのものは拝見したことがございません」

「そのものだなんてぼかしたりして。和来さんの——」

「いえ、もうおっしゃらなくとも結構です。よく聞こえております」

「そうじゃないの。六原さんは早合点しているんだわ。わたしが言うのは、ペニスの実物じゃなくて、毛鉤のこと」

「……毛鉤？」

「そう。ほら、ヤマメなどを釣るときに使う、毛鉤のこと。判った？」

「はあ、毛鉤ならよく存じています」

「変なほうに気を廻したりして、嫌な人ね」

「びっくりしたのは私のほうですよ。いきなり電話が毀《こわ》れたのかと思った」

「その毛鉤なのよ。もしかして、和来さんが作った、ペニスの形をした毛鉤を見たことがないかどうかお訊きしているわけ」

「……あの形の毛鉤なんですか」

「そう。もっとも、毛鉤って、小さいでしょう。ちょっと見ただけではよく判らないかもしれない」

「それに、ヤマメが食い付くんでございますか」

「そう」

「……ご趣向ですねえ。でも、そうしたものを和来様がお作りになっているとは、聞いたこともございません」

百合子が受話器を置くと、亀沢が腕組みをした。

「矢張り、本人に直接訊いてみるしかないな」

「……和来さんが喋るかしら」

「いや、今度は遠廻しに誘いをかける。クローズアップで釣りの特集を組むとか何とか言って相手を油断させ、話に乗って来たところで、一気に核心を突く」

亀沢は和来の電話番号を確かめてダイヤルを廻した。

ところが、亀沢は相手の言うことに簡単に返事をしただけで電話を切ってしまった。

呆然とした表情だった。

「和来夫妻は北海道へ行ったそうだ」

「……」

「何でも、突然、女優の貝塚柚木子が尋ねて来て、一緒に北海道へ発《た》ったそうだ。柚木子は金鉱の地鎮祭に、和来を立ち会わせるつもりなんだ。こういう奇跡の男にあやかって、金を掘り当てたいと言った。和来は貝塚柚木子のファンだったから、喜んで一緒に飛行機で北海道へ飛んで行った。金鉱は釧路の奥だという」

「それじゃ、和来さんは毒入りのウイスキーボトルのほうへ、自分から近寄って行ったんじゃありませんか！」


袋くじの特賞を射止めた奇跡の男は、今度は全国のどこかに流された酒滅連の一本の毒入りウイスキーボトルを引き当てるに違いない。

そう思うと、百合子は幻想的な恐怖に追い立てられた。落ち着いて考えれば、そんなことが起きようはずはない。だが、その予感は確かな事実として目の前に現われるような気がするのだ。和来に危険が迫っていると報せたところで、警察が取り上げてくれないのは目に見えている。

御堂一弥に連絡すると、柚木子の事業には最初から大反対なので、御堂は起工する土地がどこにあるのか知りもしないと答えた。御堂は和来友里については、テレビで報道された以外のことは全く知らなかった。

再び、和来の家に連絡し、夫婦の投宿するホテルを訊き出す。その釧路セブンホテルに電話を入れると、係は貝塚柚木子の一行は二週間近く投宿しているが、一行は早朝にホテルを出て今はいない、行き先は留尻とだけ聞いている、と答えた。

「酒滅連のことはもう報道されているんですか」

と、百合子が亀沢に訊いた。

「うん。テレビやラジオは速報を流しているだろう。新聞は今日の夕刊で一斉に取り上げられる」

「旅行中だとすると、和来さんはニュースを知らないかもしれませんね」

「そうなんだ。白岩ちゃんは今度も、和来が奇跡の男になるという予感がするんじゃないか」

「そうなの。わたし、留尻へ行って、和来さんに報せるわ」

「留尻なら、前に行ったことがある」

「本当ですか」

「一時、社の支局が釧路にあってね、週刊にいたとき、取材で留尻まで行ったよ」

「どんなところですか」

「留尻なんて狭いから、行けば何とか連中を捕えることはできるだろう。だが、白岩ちゃん独りじゃ危ないな」

「都会だって、方方に狼《おおかみ》がうろうろしているわ」

「狼じゃない。留尻には熊《くま》が出る」

「熊ですか……」

「よし、俺も一緒に行こう」

「えっ？」

「奇跡の男が、今度は超奇跡の男になるのを、見逃すという手はない」

すぐ、東京から札幌へ、飛行機を乗り継いで釧路へ。

釧路セブンホテルへ着いたときは夕刻になっていたが、一行は朝出たきり連絡がないという。

係の話だと、一行は貝塚柚木子と、頭の禿《は》げた外国人、柚木子が頭《かしら》と呼んでいる土木業者、それに昨夜到着した和来夫妻の五人で、レンタカーを頭が運転し、全員がその車に乗り込んで出掛けたという。

「後からいらっしゃったご夫婦は別として、とにかく、気ままな方達なんです」

と、係は説明した。

柚木子達はそれまでときどき釧路セブンへ泊まったが、一日や二日帰って来ないことはざらで、係が心配して、警察へ捜索願いを出そうとしたこともあった。

ホテルでは女優の柚木子は知っていたが、他の連中は得体が知れなかった。

頭の禿げた外国人はいつでも両手に二本の銀色の棒を持っていて、地面の上を撫でるような仕ぐさをする。時代劇に出て来る宮本武蔵の二刀流のような形を作るときもある。閑《ひま》だと棒を鼻に差し込んでぶらぶらさせる。
頭《かしら》のほうはべらんめえで、昔の鳶職《とびしょく》のような感じだった。何かというと、任《まか》して
くんねえ、と胸を叩くのが癖だった。恐いもの知らず、柚木子に唆《そそのか》されてホテルの
ベランダ伝いに、七階の屋上までよじ登ったことがあった。
その三人を中心に、ときどき若い者が集まって宴会を開くことがある。そんなとき、
頭はわけもわからず目出度《めでて》え目出度えと言い、いい声で江差追分《えさしおいわけ》を唄った。若者達は
近く柚木子達の仕事に加わるらしいのだが、それは何かは判らない。
そんなところへ、突然、柚木子が今度は和来夫妻を連れて来た。和来のことはテレ
ビで知っていたが、それが柚木子とどんな関わりを持つのか、皆目判らず、考えれば
考えるほど頭の中がこんがらかるばかりだった。
以上のことは、百合子がなよなよした声を出してホテルの係から訊き出したのであ
る。
一行は夜になっても帰って来なかった。
「熊にやられてしまったんじゃなかろうな」
と、亀沢が言った。
「何とも言えませんねえ。和来さんの前が前ですから」
「それとも、毒入りのシェパードを皆で飲んだのか」

「それも、充分ありますね」

亀沢はもし一行が帰って来たら夜中でもいいから報せるように言い、部屋に引きさがった。

百合子はいつ一行が帰って来るか気になって、まんじりともしないまま朝を迎えた。

朝になっても、柚木子からの連絡はない。

「俺達が留尻まで行くしかないな」

と、亀沢は言った。

レンタカーを借り、留尻に向かう。

留尻まで二時間余り。ところが、国道を外れると、亀沢の記憶が急に怪しくなった。狭いところだと言っていたのに、地図を見ると留尻には原野があり、山があり湖がある。人に訊きたくとも、滅多に人と会わない。

「人がいるところというと、学校かな」

亀沢は地図を拡げて小学校の分校を見付けた。

雑木林がやや開けた向こうに小さな分校が見えた。校舎は木造の平屋で、ところどころ白いペンキが剝げている。狭い校庭に山羊《やぎ》と兎《うさぎ》の小舎《こや》が見える。十五人ばかりの生徒が一列に並び、先生らしい中年の男が順に校舎へ誘導している。

教頭は石原源《いしはらげん》という男だった。

「地鎮祭には私も立ち会いました」

と、石原は実直そうに言った。

「私はこの近くの神社の神職も務めているのです。昨日、突然、その方達が来られて、土地の修祓《しゅうふつ》をと言われたのですが、たまたまその日は結婚式に出席せねばならず、今日に延期してもらいました。二時間ほど前に地鎮祭を済ませて戻ってきたところです」

「すると、あの人達は、どこに一泊したのですか」

「近くに宿がありませんので、この校舎に泊まりましたよ」

「……呑気《のんき》な人達なんだな」

「本当にそうです」

石原はちょっと眉をひそめた。

「あの方達は一晩中、ここで酒を飲みながらオイチョカブをやっていましたよ」

「ほう……」

「もし、父兄にでも知れれば、厄介なことになるところでした」

「それで、誰が一番成績がよかったのですか」

「和来さん——ご存じでしょう。今度、袋くじの特賞を射止めた方。あの人も混じっていたのですよ。いや、さすがでした。誰もあの和来さんには勝てなかった。久しく花札を持ったことがないと言っていましたが、その点では私も同じでしたのにね」

石原に地鎮祭の場所を訊き出して、一応そこに寄ってみる。

荒涼とした台地で、教えられた場所には形なりに注連縄《しめなわ》が張り巡らされていたが、とてもここから金が出て来るとは思えなかった。

そのあたりを撮影して、そのまま釧路へ。

百合子達の姿を見ると、釧路セブンのフロント係が、二時間ほど前、柚木子の一行が戻って来ました、と言った。

「もうすぐ、食事で皆さんそこのレストランへお集まりになります」

百合子と亀沢はロビーで待つことにした。

ロビーの奥が喫茶室で、百合子はエレベーターがよく見える場所の席を取り、珈琲《コーヒー》を注文した。

気が付くと、喫茶店の奥に二人連れの男がいて、背を丸くして話し合っている。二人とも、紺の背広に地味なネクタイで、葬儀の帰りのような感じだった。柚木子の一行のようではなく、柚木子の仕事に加わっている青年というのでもない。

しばらくすると、同じような背広の男が一人ずつ増えて、四人になった。四人は気のせいか、ときどき百合子のほうを窺うように見る。百合子も、背中を向けている一人が、どこか知っているような感じなのだが、釧路に知り合いはいない。トイレにでも立つような振りをして、顔を見てやろう、と思ったとき、エレベーターのドアが開いて、柚木子と頭の禿げた小柄な外人が出て来た。

百合子の職業意識が戻り、カメラを持って柚木子に近付いた。

「貝塚柚木子さんですね。クロースアップです。写真を撮らせてもらえませんか」

柚木子はにこっとして百合子を見た。

「ときどきお目に掛かるわね」

「ええ、ご結婚式以来、方方で」

「ここで、いいのかしら」

柚木子は黒の皮ジャンパーに乗馬ズボン、ゲートルを巻き、陽焼けして鼻の頭の皮が剝けている。すっかり山師の気分になっているようだ。

「今日、留尻まで行ったんですけれど、間に合いませんでした」

何度かシャッターを押しながら百合子が言った。

「あら、じゃ、地鎮祭を知っていたの？」

「ええ。御堂さんから教えてもらいました」

「そうだったの。誰にも報せなかったんだけれど」

それでも、柚木子はカメラを向けられて悪い気はしないようだった。

「でも、もういいの。秘密でも何でもないんだから。ちょうどいいわ。お友達を紹介しましょう」

柚木子は黒のタキシードを着て、二本の細い銀の棒を持った外人を振り返った。

「グスタフ　カラヤカン博士。彼が、わたしの運命を変えてくれたの」

カラヤカンはかなり巧みな日本語で挨拶《あいさつ》した。

百合子と柚木子、亀沢とカラヤカンは喫茶室の一つのテーブルを囲んだ。

「すると、今度の事業に成算がおありなんですね」

と、百合子が訊いた。

「大ありなんてもんじゃないわ」

と、柚木子が答えた。

「百発百中、地面にシャベルを立てたら金がざくざくなのよ。グスタフは素晴らしいわ。全身が金属探知器という感じなの。わたしのバッグに入っている小銭までぴたりと当ててしまうし」

「手品師みたいですね」

「そう、それで一弥さんがグスタフを信用しないの。透視能力があまりにも見事なので、手品に違いないって言うのよ」

「透視なさるのは金属類が主なのですか」

「そうです」

と、カラヤカンが言った。

「昔から、冷たいものに敏感なのです。金や銀は特に熱をよく通過させる。それに感じると心が締め付けられるようになるのです」

「暖かいものは？」

「苦手です。暖かいもの、血の通っているもの、触りたくない」

「情熱的な女性は？」

「特にだめです。恐くなります。でも、女性は美しいと思う。石の彫像なら、好きですね。だから――」

カラヤカンはそこで大きな目をぎょろりと動かした。油断のならない目付きだった。

「だから――」

と、柚木子がカラヤカンの言葉を継いだ。

「今度、最初に出た金で素敵な等身大のビーナス像を作って、グスタフに贈ろうと思っているのよ」

「柚木子さんはその金をどうします？」

「黄金のベッドを作って、独りだけで寝るわ」

「御堂さんは？」

「あの人はこの事業に反対しているから、その資格はないの」

「まあ、お気の毒」

「気の毒なもんですか。一度、懲《こ》りればいいんだわ。あの人、男の癖にまるでロマンがないの。現実家で袋くじも買わないわ。買わないくじが当たるわけないでしょう」

「それ、それ」

百合子は身体を乗り出した。

「今度、その袋くじの特賞に当たった和来さんも地鎮祭にいらっしゃったんですってね」

「まあ、耳が早い。そうなの」

「柚木子さんがお呼びしたんですか」

「ええ、和来さんのような方にあやかりたいと思って、テレビを見てすぐお電話をしたんです。そうしたら、快く引き受けて下さって……わたし今度ほど、自分が女優になってよかったと思ったことはありません」

「和来さんも、このホテルに？」

「ええ。もうすぐお食事に降りてきますよ。和来さんの名刺をもらってあげましょう。和来さんの名刺を持っていれば、どんどん運が付いて来るわ」

柚木子が喋っているうちに、エレベーターのドアが開いて、和来と印半纏《しるしばんてん》を着た男が出て来た。柚木子は立って、二人を呼んだ。

「そうですか。記者会見場にいらっしゃった。お顔はよく覚えております。確か、突っ込んだ質問をされましたね」

和来はにこにこして百合子と亀沢に名刺を渡した。記者会見以来、すっかり福相が身に着いた感じだった。

「全く、和来さんに遭っちゃあ、敵《かな》わねえ」

と、頭《かしら》が言った。

「昨夜はしでえ目だった。頭《あたま》っからショシボウでヨウヤ続き、たまにツキがハシったと思や、ウチアゲにされるし」

頭《かしら》はぼそぼそ言い、手に持っていた五百円硬貨をテーブルの上で勢いよく廻してから、硬貨の上に掌《てのひら》を伏せた。

「さあ、グズさん。表か裏か」

「表」

と、カラヤカンが言った。

頭は掌をテーブルから放した。硬貨は500が見える表だった。カラヤカンは五百円をつまみ上げて自分のポケットに入れた。

「頭、まだ懲りないんですか」

と、柚木子が言った。

「違えねえ。相手が悪いや。この二人の前でまごまごしていると尻《けつ》の毛まで抜かれちまう」

あまり好きになれそうな相手ではない。百合子は和来に訊いた。

「和来さんのような方は、ご自分が神様みたいなものですから、あまり縁起を担ぐようなことはないんでしょうね」

和来は穏やかに、首を振った。

「それが、そうでもありません。割りに気にする質《たち》でしてね」

「じゃ、わたし達が和来さんの名刺を大切にするように、お守りみたいなものを持っていらっしゃるんですか」

「ええ……一つだけ」

「どんなものですか」

「……つまり、水商売の家で神棚に飾ったりするでしょう。の、ようなものです」

「の、ようなもの？」

「ま、ご婦人の前ではちょっと……」

百合子はどきどきした。百合子はいつもの手を使おうと思い、声を鼻に掛けて発声することにした。

「あら、わたしなんかには見せられないんですの？」

それを聞いていた柚木子が言った。

「まあ、そんなものを持っているなんて知らなかったわ。わたしも、ぜひ見たいわ」

「……どうも」

頭《かしら》が口を挟んだ。

「あれでしょう。なんだ、旦那《だんな》。照れたりして。見せちゃいなさいよ。可愛いもんだ。今のご婦人は進歩してますから驚きゃしませんよ。文明開化だ」

「……しかし」

「しかしも案山子《かかし》もねえ。見せて減るもんじゃねえでしょう」

「……弱ったな」

しかし、百合子がもう一声ねだると、和来は内ポケットに手を入れた。札入れの間から取り出したのは小さなビニール袋に入った毛のようなもの。

百合子が手に取って見ると、正しく、叔母返り渓谷で拾った毛鉤と同じものだった。

百合子は頰に手を当てる振りをして、亀沢の顔を見、片目を閉じて見せた。

毛鉤が柚木子の手に渡り、柚木子はくすくす笑いだした。百合子は急いでカメラのレンズを接写に換えた。

「珍しいわ。とても面白いから、撮らせて下さいね」

「……しかし、こんなものは私の手作りで、詰まらぬもので」

頭が楽しそうに言った。

「旦那、それご覧なさい。写真ですって。今のご婦人はハイカラなもんでしょう」

言ってる当人の頭《あたま》の中はかなり古そうだ。

そのとき、ロビーのほうで声がした。

「お待ち遠さま。……あら、皆さん面白そうね」

和来が慌てて百合子の前からビニール袋を取り、札入れに戻してポケットへ。

和来の妻、千賀子が大きな紙袋を下げて喫茶室に入って来た。

「人格に関わるようなことをなさっていたんじゃないでしょうね」

と、千賀子が和来を睨むようにして言った。

頭が和来のほうを見て小声で、

「任してくんねえ」

と、言って胸を叩いた。

「ご新造さん、今、わっちが江戸小噺《こばなし》をやっつけたとこです」

「まあ、どんなの？」

「饅頭屋《まんじゅうや》さん何が釣れますか？　鮟鱇《あんこう》、ってね」

「……そんな噺のどこが面白いんですか」

「それより、ご新造さんはどこへ行ってらっしゃいました？」

「泊まりが一日延びたでしょう。買い物をして来たの。ホテルの石鹸《せっけん》はわたしの肌に合わないから、シャンプーとか、主人の寝酒用のウイスキー……」

いろいろなことが一度に起こった感じだった。百合子は頭がくらくらしそうだった。

「ご新造――いいえ、奥様。そのウイスキーの銘柄は？」

千賀子は訝《いぶか》しそうに百合子を見た。

「珍しい銘柄じゃないわ。シェパードですから」

百合子の頭の中で、数字の文字盤がぐるぐる廻った。踊り子の放った最後の矢が特賞の数字を打ち止めた感じだった。思考が止まり口が勝手に動いた。

「奥様、そのウイスキーは絶対ご主人に飲ませてはいけません」

「……変な方ね。それは、一体どういう意味？」

「そのウイスキーには毒が入っているからです」

千賀子が嶮《けわ》しい顔になった。

「何ですって？　わたしが主人に毒を盛ると言うの」

「皆さん、酒滅連のことをまだご存じないんですか。昨日からテレビや新聞が大騒ぎしているのを？」

頭が口を尖らせた。

「そいつあ、無理だ。昨日から今日にかけてテレビどころじゃねえ、花札の面《つら》しか見ちゃいなかった」

そのとき、あたりが薄暗い感じになった。百合子が気付くと、いつの間にか喫茶室の隅にいた四人の男が百合子達を取り囲んでいた。

「はい、そこまで」

そのうちの一人が大きな声で言った。

百合子はその男の大きな鼻を見て、思わず叫んだ。

「あなた、叔母返り渓谷の、お巡りさん……」

大道寺は内ポケットから警察手帳を取り出して全員に示した。

「私達は警視庁の捜査課の者です」

頭が恐慌状態になって声を弾ませた。

「やっ、だ、旦那。わっちらは花札は持っても、け、決して賭けたりしちゃいません」

と、大道寺は言った。

「和来千賀子、あなたに逮捕状が出ているのです。殺人謀議の容疑者としてです」

千賀子の形相《ぎょうそう》が変わった。

「あんた達まで、何を言うのよ。このウイスキーが、どうしたと言うの?」

千賀子は紙袋の中から、荒荒しくシェパードのボトルを取り出したが、大道寺は見向きもしなかった。

「もう駄目なのですよ奥さん。少し前、東京では六原洋介が全てを告白し、同じ容疑者として逮捕されたところです」

「六原さんが？」

千賀子は床の上にへたへたと坐り込んでしまった。


後になって判ったのだが、警視庁では和来友里が袋くじの特賞に当せんした報道から、四月のバス転落事故に疑いを持ち、密《ひそ》かに捜査を開始した。

大道寺はその捜査班の一員だった。大道寺が叔母返り渓谷に派遣されて事故現場を再調査しようとしたとき、たまたまクロースアップの百合子が駐在所を尋ねて来た。大道寺は警視庁が動いているのを知られたくないため、咄嗟に駐在巡査のふりをして百合子に応対したが、その結果、思わぬ証拠が手に入った。警察には事故当時、引取り手のない被害者の遺留品が保管されていて、大道寺がそれを調べてみると、糸の付いている釣竿があった。竿は布袋竹《ほていちく》の高級品で大道寺は「椿日吉」の銘を辿《たど》って、その所有者が和来友里であることを突き止めた。それによって、事故当時、和来が問題のバスに乗っていず、墜落現場の付近で釣りをしていた疑いが更に濃くなった。

和来は警察で訊問された後、げっそりした顔で釧路セブンホテルへ戻って来た。興奮の収まらない和来は、独りでは落ち着けないと言い、自分の部屋に百合子と亀沢、柚木子とカラヤカンと頭《かしら》を集め、バス転落事件からのいきさつを話し始めた。

「警察の調べの通り、私はあのバスの乗客ではありませんでした。すでに、朝早くから叔父川の河原でヤマメを釣っていたのです。そこへ、轟音とともにバスが転落してきました。見ると、無残に潰されたバスには多勢の乗客がいる様子で、割れた窓の中から血塗れで這い出そうとする人達もいる。何とかしなければと、慌てて駈け付けたとき、燃料に火が入ったのでしょう。突然、バスが爆破して私は吹き飛ばされ、意識を失ってしまったのです」

「では、どうしてそのことを警察に言わなかったのですか」

と、百合子が訊いた。

「それ以上にショックなことが起こったからです」

和来は口を曲げた。福の神が急に離れて行ったような表情だった。

「私は病院へ運ばれ、そこで意識を回復したのですが、本当はもう少し早く気が付いていたのです。目を細く開けると、病室でした。最初、自分がどうなっているのか、よく判りませんでしたが、すぐ、事故のことを思い出すことができました。病室には、福良妻の姿が見えました。妻は誰かと話をしているようでした。その相手を見ると、福良銀行の六原洋介です。六原は元祐天寺支店に勤めていて、その時分よく家に出入りしていた銀行員です。妻は近くに身寄りが少ない。それで、私の事故の報せを受けて、六原に同行を頼んだのかと……それまではよかったんですが、妻の態度が六原に変に馴れ馴れしい」

和来は苦しそうな顔をした。

「それを見て、私は大丈夫、気が付いたとは声が出せなくなりました。じっと身体を動かさず目を閉じているうち、二人の話が耳に入って来ました。〈本当に死ぬと思う?〉と、妻が六原に言います。六原は〈大丈夫、死ぬさ。医者がそう言ったじゃないか。バスの乗客は全員が死んでしまったんだ〉と答えました。何ということ——妻は私の死を強く願っていたのでした」

「そのときまで、二人の仲を知らなかったんですか」

と、百合子が訊いた。

「ええ、迂闊《うかつ》なことに、全く気が付かなかったのです。思えば、私は忙しすぎた。会社の業績が面白いように伸び、休みはゴルフ、接待の宴会。息抜きには独り山を歩いて釣りをするのが何よりで、全く妻には目が行き届かなかったのです。私は事実を目の前に突き付けられて、今度は本当に口が利《き》けなくなりましたよ。そのうち、食事の時間にでもなったのでしょうか。妻と六原は病室を出て行ったので、私は看護婦室への呼び出しボタンを押したのです。複雑な心情に歪《ゆが》む妻の顔を、私は正視することができませんでした。警察の事情聴取では、私はまだ腑抜けの状態でただうなずくだけ。気が付いたときには、私はバス事故でただ一人の生存者にされていました」

「それ以来、奥さんはずっと和来さんに殺意を抱いて来たんですね」

「……恐ろしいことですが、そうだったんですね。私は愚かなことに、私を裏切った妻のことしか念頭にありませんでした。私がいなくなれば六原は公然と妻を自分のものにする、ばかりではなくスマイル社も自由にできる、という六原の立場に立って、私は恐ろしいことを考える想像力に欠けていたんでしょうね」

百合子は記者会見のあった日、たまたま再会した六原の言葉を思い出した。六原はできることなら和来の運を分けてもらいたいと洩らしたが、その心の底は死に物狂いで和来の妻と財産を奪おうとする野心に燃えていたのだ。

和来は話を続ける。

「私は妻に裏切られたことに腹を立てるより、それまでの自分を深く反省したものです。それで、身体が回復すると、私は今までとは打って変わり、妻のみを大切に扱うように心掛けたのです。それが反対に二人の逢瀬《おうせ》を阻み、六原の殺意を募らせていたとは夢にも思いませんでした。ですから、私の買った袋くじが特賞に当せんしたときでも、それが六原の膳立《ぜんだ》てとも疑わず単純に妻の言葉を信じ込んでしまったものでした」

「すると、矢張りあれにはからくりがあったのですね」

「ええ、元元、私は奇跡の男ではなく、まして超奇跡の男などとは飛んでもない。最近、付いたことといえば昨夜のオイチョカブぐらい。ただの、ありふれた人間に過ぎませんでした」

和来は自嘲《じちょう》的に笑った。

「くじの抽せんに不正があったわけでもない。変造されたくじでもない。すると？」

「六原の自白だと、あの当たりくじは、実は私が買ったものじゃなかったんです。呆《あき》れるほど単純な手でした。妻は六原に命じられて私が買ったくじと特賞のくじとを取り換えておいただけの話なのです」

「……すると、特賞が当たったのは、六原さんなんですか」

「いや、六原に当たったわけでもない。抽せん日の当日だったといいます。イブ劇場の場内係をしていた六原は、ショウの終わるころ、一人の男に呼び止められました。あまり風采のあがらない中年の男で、右の眉の上に大きな黒子があったそうです」

百合子は心の中であっと言った。その男なら、特賞を射止めたと百合子が目を付けていたのだ。

「男はあたりを憚《はばか》るようにして六原の傍に寄り、当せんくじはすぐ現金になるのかと訊きました。六原が低額の場合はそうだけれども、高額のときは一応銀行の口座を作ってもらい、そこに振り込むのが間違いないと規定を教えると、それでは自分の住所や本名が知れてしまう。それでは自分にとって、大変不都合である、と相手はひどく困った顔になりました。普通なら、それが定まりなので仕方がありませんと突っぱねれば済むことでしたが、六原にはある計画が頭にあって、男の言い分をよく聞いてやることにしました」

「……六原がそのくじを現金に換えてやったのですか」

「そうです。これから、このくじに対してどんなことが持ち上がっても、絶対に名乗り出ないという条件で。男がなぜ名前を明かしたくないのか、その理由は判りませんが、元より表には立ちたくないのですから、男は喜んでその約束に応じました。取引は翌日、都内のホテルの一室で。こうして六原はその当せんくじを手にすることができたのです。そのくじはすぐ妻の手に渡され、妻は私が買ったくじと掏《す》り替えたのです」

「普通、くじを買っても、番号までは誰も覚えてはいませんものね」

「そうなのですよ。でも、今思い返すと腑に落ちないところもあって、たとえば記者会見でどこでそのくじを買ったかと訊かれまして、私はそのとき酔っていましたが、確か新宿だったという記憶が残っていましたが、妻は横から口を入れて有楽町の袋くじセンターだと訂正しました。実は黒子の男が買ったところが有楽町の袋くじセンターだったので、六原はそれを相手から聞き、妻にもし記者会見でそのことを訊かれたら有楽町で買ったと言えと命じていたのです」

それで、いかにももっともらしい奇跡の男が一人出来上がったわけだ。真逆《まさか》、大金を払って特賞の当たりくじを買う男がいるとは思わない。六原はそこに目を付けたのだ。

大金を動かすことは困難だったに違いないが、六原は銀行の部長という立場を利用してその問題も解決したに違いない。その金も、計画が遂行されたときには、再び自分の手元に戻って来るはずだった。

六原はそうして手に入れたくじを千賀子に渡してから、匿名でマスコミ関係に和来が特賞に当たったことを報せたのだ。六原の目的は特賞のくじを和来に渡すことで、和来が一夜にして奇跡の人として全国にその名が知れ渡ることだった。

「しかし、そんな大金を動かしてまで、六原があなたを奇跡の人に仕立て上げた理由がまだ判りませんけれど」

と、百合子は言った。

「つまり、六原は一度だけの奇跡の人では効果が少ないと考えたのです」

「……何の効果なんですか」

「人人に与える効果です。六十三人もの死者を出したバス事故で、たった一人生き残った男。その男が、今度は全国で売られた袋くじの特賞を射止めた。そうしたら、彼はまず奇跡の男として多くの人の注目を集めることになるでしょうね。その男が、今度は酒滅連が流した一本だけの毒入りウイスキーボトルを引き当てたとしても、人人はあの男なら当然だ、仕方がない、と思うでしょうね」

百合子は思わず亀沢の顔を見た。その通りなのだ。百合子もそれと同じ思考を辿らされていたわけだ。

「私達も酒滅連の毒入りボトルのニュースを聞いたとき、今度も和来さんがそのボトルを引き当てるに違いない。実はそう思って釧路まで飛んで来たのですよ」

と、百合子は言った。

「そうなんですねえ。奇跡の男が次次と奇跡に遭い、最後にも別な奇跡で死ねば、人人はもう疑うことすら諦めてしまい、それはむしろ順当、無理もないと思うでしょう。そういった情況に私を立たせることが、六原の目的だったのです」

「すると、酒滅連の毒入りボトルというのは？」

と、柚木子が訊いた。

「あれも、六原が作り出したことです。それが六原の最終的な仕上げだったのです。それまでは長い助走でしたが」

「すると、釧路の旅行が決まってから、六原は最終の実行に掛かったのですか」

「そうです。六原はそのほうが偶発的な効果が強いと読んだのでしょう。私達が釧路に発つ前、六原が釧路に飛んで、町の酒屋から何本かのシェパードを買って東京に帰って来ました。何本も買ったのは毒を入れる細工のときの失敗に備えてです。その一本を警察に送り、六原は同じ毒薬を妻に持たせました。運が悪かったら、今夜、私はそれを飲んでいたでしょう。警察はその毒薬を妻のバッグの中から見付け出しましたよ」

後のことになるが、本物の酒滅連は警察に抗議文を送り、毒入りボトルの件は自分達には関係がないと言明した。そして、アルコールは人間にとって、A—キニンよりも恐ろしい毒物である、と書き添えることを忘れなかった。

頭《かしら》は感じ入ったように腕を組んでいたが、何を思ったのか再び五百円硬貨を取り出してテーブルの上で廻し、その上に掌を伏せ、

「さあ、グズさん。今度は表か裏か」

と、言った。

「表」

と、カラヤカンが言った。

掌を放すと裏だった。頭はその五百円とカラヤカンから取り戻したさっきの五百円とを腹掛けに入れながら、

「なるほど、相手が偉くはねえ、普通の人だと思や、何も恐《こえ》えことはねえのたとえだ」

と、言った。

百合子が再び留尻を訪れたのは、釧路がそろそろ雪支度を始めるころになっていた。和来が当たりくじと交換した金を、全て柚木子の金山に投資したのに拍車がかかったのか、金山からぽつぽつ金が採掘され始めたという噂を耳にしたからだった。柚木子は黒皮のジャンパーに乗馬ズボン、ゲートルに登山靴で、顔中を真っ黒にしていた。

「凄いわよ。留尻はたちまちゴールドラッシュになるわ」

柚木子はポケットから草加煎餅《せんべい》みたいなメダルを取り出した。

「ご覧なさい。これ、わたしの山から取れた純金なの」

「……でも、これだけ?」

「ええ、今のところは」

柚木子はしごく満足そうだったが、これではカラヤカンに等身大のビーナス像を作ってやれるのは当分先のことになりそうだ、と百合子は思った。

狐の香典
泡坂妻夫

珍しく糀屋《こうじや》が満員だった。その上、見慣れない顔が二つも中央のカウンターを占めている。こんなことは次にハレー彗星《すいせい》が地球にやって来るまで、絶対に起こらないだろう。

狭い店の中は煙草の煙がもうもうとしていて、客の話し声も相当に賑《にぎ》やかだったが、糀屋の主人、五兵衛《ごへえ》は口をへの字に曲げていたし、上《かみ》さんのふくは疲れきったように顔色が冴《さ》えなかった。

布川《ぬのかわ》がガラス戸を開けたまま、わりこめる場所がないかみまわしていると、ふくは前の客に、

「ちょいと、寄ってもらえないかしら」

と、命令するように言った。

その客は二人連れで、どちらも二十七、八。一人は坊主頭のひどい藪睨《やぶにら》みで、もう一人はスポーツ刈りの不健康な顔色をして、指に太い金の指輪を光らせている。

「何だ、これ以上詰め込むのか」

と、指輪の男が言い、お座なりに丸椅子《まるいす》を動かした。

その隣りは保険会社に夫婦で勤めている山本民雄《たみお》と登志子《としこ》で、この二人は嫌な顔をせず、ほとんど抱き合うような形になって席を詰めてくれた。ふくがビール瓶や小皿を片寄せると、布川の前に三十センチ四方の空地ができた。

「刑務所《むしょ》だって、こんなに窮屈じゃあねえや」

と、坊主頭が下品な口の利《き》き方をした。

布川は新顔の二人を無視することにして、

「とうとう降って来ましたよ」

と、ふくに言った。

「道理で、朝からそれで腰が痛んでいるんだね」

登志子の向こうで、壁にくっつくようにしていた和藤《わとう》先生が急に慌てだした。和藤先生は雨が大嫌いだった。濡《ぬ》れると自分が溶けるみたいな気分になると言う。和藤先生はコップ酒を飲み乾し、冷えた湯豆腐を片付け始めた。戦中育ちの和藤先生は絶対に食べ物を残さない。

坊主頭の奥には花屋の栄《えい》さんが壁に凭《よ》り掛かって、納豆でご飯を掻《か》っ込んでいるところだった。栄さんはかなり飲み手だが、飲み方に義理固いところがあって、最後にはきちんとご飯を口に入れないと満足しない。へべれけになって、目が廻りだしてもご飯を食うと騒ぐ。人間は最後が大切、大方の酔っ払いは翌朝になって自己嫌悪に陥ることが多いが、栄さんは飯を食っていればそれがないのだと言う。まあ、一種の呪《まじな》いみたいなものなのだ。

店はその七人でぎゅう詰めだった。もう一人来れば、それだけで家ごと毀《こわ》れてしまいそうだ。指輪の男が立て続けに煙草を吸う。立て付けの悪い店だから、外の湿気が遠慮なく入って来る。

「布川さん、今日はお燗《かん》？」

ふくが布川の地所内にコップを置いて訊《き》いた。

布川は小学校の和藤先生がコップ酒で飲《や》っているのを見て、

「いや、冷《ひや》で下さい」

と、言った。酒のことなら、万事、和藤先生に倣《なら》えば間違いがない。

ふくは一升瓶を持ち上げて、布川のコップに酒を注いだ。一升瓶のラベルは手垢《てあか》で黒ずみ、角が剝《は》げかかっている。指輪の男が訝《いぶか》しそうな顔で、その瓶と自分の前に置いてあるビール瓶とを見較べた。

「婆《ばあ》さん、このビールは冬を越しているんじゃねえかい」

と、指輪が言った。

「ご冗談でしょ。店はぼろですが商売人だよ」

「だって、泡立ちが悪いぜ」

「製造月日をご覧よ」

「ラベルが破れてるぜ」

「そりゃ、酒屋の小僧が悪いんだ」

取り付く島がない。

坊主頭の方はそれでもビールのコップを開け、小料理を突付いていたが、何気なく口にしようとしたものを皿に戻した。

「婆さん、この椎茸《しいたけ》、黴《かび》が出てるぜ」

ふくは聞こえない振りをした。

「聞こえねえようだから言うが、ここより刑務所の食い物の方が、まだましだ」

と、坊主頭が言った。

和藤先生と花屋の栄さんが立ち、勘定を払って店を出て行った。二人共、ほどよく酔って大満足の顔だった。

二人がいなくなって、席にゆとりができた。山本と登志子が丸椅子をずらせ、布川も指輪から身体を離した。

「狭い思いをさせましたねえ。ビール、お持ちしますか」

と、ふくが指輪に言った。

指輪はまずそうにコップを開け、ああ、と言った。ふくがビールの栓を開けて注ぐと、今度は盛大に泡が出た。坊主頭は急いで泡をすすり込んだ。

「深堀《ふかぼり》にいらっしゃったことがあるんですか」

と、ふくは坊主頭に訊いた。

「まあな」

坊主頭は半分ほど得意そうな顔で答えた。

「そうでしたか。お見逸《みそ》れしました。最近まで、いらした？」

「……ああ。先週、やっと、な」

「懐かしいねえ。セイウチの団《だん》さん、まだ元気でやってますか」

「……セイウチの？」

「ほら、泣く子も黙るセイウチの団。本名は何て言いましたかねえ」

ふくは五兵衛の方を振り返った。五兵衛はむすっとした顔でふくの横に腰を下ろしていたが、懶《ものう》そうにぼそりと言った。

「井上団十郎《いのうえだんじゅうろう》のことか」

「そう、井上。あの当時はセイウチの方が通りがよかったんだ」

ふくは坊主頭の方に向き直った。

「ご存知ない？」

「井上……井上所長のことかな」

「所長と言うと、あのセイウチが所長になったんですか」

「井上団十郎さん……なら、所長です」

「へへえ、判らないもんですねえ。お前さん、聞いた？　あのセイウチが所長になったんですってよ」

「……うう」

と、五兵衛は唸《うな》り声で返事をした。

「婆……おばさんの識《し》り合い？」

坊主頭が言葉を改めたのは、ふくに一目《いちもく》置いた証拠だった。

「識り合いもいいとこですよ。内の人も深堀に長いことご厄介になったことがありましてねえ。もっとも昔。多分、あんた達がまだ生まれてないころにね」

坊主頭が尻《しり》をもぞもぞさせた。急に居心地が悪くなったようだ。指輪もそれに気付いて、内ポケットから鰐《わに》皮の札入れを引き擦り出した。

「勘定だ」

「あら、今、本降りですよ。落ち着いていらっしゃったらいいのに」

と、ふくが言った。

「いや、そうもしていられねえ」

二人はそそくさと席を立って雨の中を出て行った。ガラス戸は全部締まらなかった。指輪の男が敷居を外したからだ。その直後、外で物の落ちる音がした。

布川は立ってガラス戸を立て直し、外に出てみた。植木棚から、万年青《おもと》の鉢が一つ転がり落ちている。布川はざっと土を戻して鉢を店の中に運んだ。

「あらあら、手が汚れます」

と、ふくが言った。

「いや、手なら洗えばいい。親父さんの大切なものなんでしょう」

五兵衛はカウンターに身を乗り出し、我が子が怪我でもしたかのよう。

「ひどいことをしやがる」

布川が鉢の土を押し込むのを見て、ほっと息を吐いた。

「布川さん、植木は好きかい」

「いや、僕なんかには判りませんが、でも、いい艶《つや》ですね」

「嬉しいことを言ってくれるね」

「育てるのは難しいんでしょう」

「なに、愛情がありゃいいのさ。酒を造るのと似てるね」

布川は二人が出て行った跡を見た。山かけ、このわた、蝦《えび》の焼き物や和《あ》えものなどが並んでいるが、ほとんど手が付けられていない。

「ずいぶん働かされたんですね」

と、布川が言った。

「そうなの。あたしゃ疲れちまうし、内の人は自分が晩酌の肴《さかな》にするつもりの刺身を取られちまってご機嫌斜めだし、大変だったよ」

「一体、今の人達、何《な》あに？」

と、登志子が言った。

「何ですかねえ。でも、刑務所帰りを鼻に掛けるなんて碌《ろく》な奴じゃないでしょう」

確かに、糀屋へ来てビールで色色な肴を注文するのは場違いな客に違いない。糀屋の客はいつも「糀娘」を飲むのが楽しみで、つまみは目刺しかせいぜい冬の湯豆腐か夏の冷や奴《やっこ》ぐらい。なるべく年寄りの手数のはぶける小料理を注文する。糀娘は五兵衛の手造りだから、古い一升瓶に入っていても、一向差し支えがないわけだ。糀娘は勿論《もちろん》、コンピューターの管理などないので、春夏秋冬、五兵衛の手加減などで複雑に味が変わり、飽きるということがない。従って、夏場以外、誰もビールなどに見向きもしないから、たまたま運の悪い客が年を越したビールを引き当てても不思議はない。

「それにしても、おじさんが深堀にいたことがあるのは初めて聞いたわ」

と、登志子が言った。

「まあ……あんまり名誉なことじゃありませんからねえ」

五兵衛がずぼらな調子で口を挟む。

「見ろ、お前が下らねえことを言うから、昔の悪が露見したじゃねえか」

「だって、あの二人に居心地良くされちゃ、ビールがもうないんだよ。この雨の夜中、買い出しに行かなきゃならないじゃないか。それでなくとも神経痛が起こっているというのに」

「そうよ。あの人達が悪いわよ。人に憚《はばか》るようなことを聞こえよがしに喋《しゃべ》っていたんだから」

と、登志子も加勢する。

「で、おじさんは何で深堀に入ったの？　殺し、強盗？」

「……こりゃあ、弱ったなあ」

と、五兵衛は細い白髪がぽやぽやになった頭を掻いた。

「お前さん、化けるほど年を取ってるんだから、昔のことは何を言われようと、もう平気でしょう」

そして、その夜、布川達は五兵衛の昔話を聞くことになった。

前の年、布川は視聴覚機材の会社に入り、すぐ、深堀の工場に配属された。工場の近くには刑務所があるという辺鄙《へんぴ》な場所だが、まだ、気ままな独身で、夜などは寮でじっとしてはいられない。いつしか、食後は町まで出て飲み歩くという習慣ができて、最後には必ず糀屋へ寄らないと気が済まないようになった。

糀屋はわずかな常連だけで、大抵は空いている。主人は糀屋五兵衛が本名、本名をそのまま屋号に持って来たという無精者。年齢は八十前後の割りに元気で、店ではもっぱらお燗番。料理はふくの役だが、お世辞にも上手だとは言えない。店は狭くて薄汚ない。うっかり入って来た初めての客なら、妙なものを出されて鼻白むのは当然だ。

しかし、布川は一度で糀屋が気に入ってしまった。第一がカラオケに煩わされないこと。べたついた女がいなくて、不思議な酒が置いてある。特別に年寄りが好きではないのだが、飲みながらの無駄話になぜか落ち着く。馴染《なじ》みになるにつれて、無欲すぎる糀屋夫婦の飄飄然《ひょうひょうぜん》とした生き方にいたく魅力を持つようになった。

その五兵衛が昔、深堀刑務所に入獄していたことがあるという。登志子でなくとも、好奇心を持つのが当然だ。

登志子から、「殺人、強盗?」と畳み掛けられて、五兵衛は困り切った顔になった。

「なに、そんな大仕事なら、今いた若え者じゃねえが、大きな面《つら》がしていられるのさ」

「でも、実刑を食ったんだから、相当だったたでしょう」

と、保険会社の山本。

「それがねえ……あたしゃ何もやってなかったんだから、もっとお恥ずかしい」

「じゃ、無実の罪で？」

「と言うと聞こえはいいんだが、行き掛かりでそういうことになっちまった。誠に、申し訳ない」

「行き掛かりで？」

「そう。交通事故みたいなもの。山本さん、そんなときの保険ってありませんかね」

「世界中探しても、まず、ないでしょう」

「もっとも、いつの間にか保険とは縁のねえ年になっちまった。さっき婆さんは調子付いて、あの若え者が生まれてもいねえ昔だと言いましたがそんなに古くはない。正確にゃ、二十年前のことでね――」

五兵衛の話によると、その頃、東京で小さいながらも印刷店の主人だった。上野の入谷の生まれで、九つのとき両親に死に別れた。叔父に引き取られたが、これが惨たる貧乏で、長屋中の残飯を貰《もら》っては飢えをしのいだ。やっとこさで小学校を出、十三で近くの印刷屋に丁稚《でっち》奉公してほっとした。修業の辛《つら》さより、三度三度飯が食えるようになったのが、とにかく有難かった。

どうやら一人前の職人になったところで、関東大震災に遭って一からやり直し。その後入隊除隊を繰り返したから青春時代は目茶苦茶。敗戦後、やっとのことで高田馬場に印刷屋の店を持つことができた。四十代に入っていた。それでも、当時は皆が似たり寄ったりの境遇で、遅蒔《おそま》きながら妻を迎えて、これからは順調かなと思ったが、どっこい、そうはいかなかった。五年後、その妻が胃癌《いがん》で死亡。

六十になったとき、同業者の友達が来て、品物を預かってくれと言う。何気なく仕事場に置いたのだが、これが、何と千円札の製版だった。数日後、警察の家宅捜索を受け、わけもわからぬまま、版が発見されて五兵衛は贋札《にせさつ》製造の疑いで逮捕されてしまった。

主犯の同業者はどううまく立ち廻ったものか姿を現わさない。未《いま》だに行方不明だ。悪いことに、たまたま五兵衛は紙幣によく似た紙を仕入れて、それも一緒に仕事場に積んであった。千円札の版も五兵衛の印刷機で使えるものだった。

証拠は見事に揃っている。言い逃れはできない。贋札造りは大罪だ。だが、根が諦めのいい質《たち》で、五兵衛は仕方がねえと罪を引っ被《かぶ》った。そんなわけで、五兵衛は深堀刑務所に五年もいた。セイウチの団十郎は五兵衛よりずっと若かったが、妙にうまが合った。団十郎に醸造の手ほどきをしてもらい、以来、あまり酒に困らなくなった。

「あのときは、あたしもまだ若かった、今とは較べものにならねえ」

と、五兵衛は言った。

「でも、僕達から見ると、相当のお年ですよ。それで刑務所暮らしは大変だったんじゃありませんか」

と、山本が言うと、五兵衛は長く垂れた眉毛《まゆげ》を動かして目を細めた。

「なに、今の若え者ならべそぐらい掻くだろうが、あたしの子供の頃や兵隊を思ったら、まるで天国みたいなところさ。深堀刑務所はオープン――もおかしいが、出来たばかりで綺麗だったしね」

「……そうですかねえ」

「今、話した通り、子供のときは乞食《こじき》同然。印刷屋の小僧になって、三度の飯を食えるようになったのはいいが、何しろ、労働法も児童福祉法もあったもんじゃない。朝は五時に叩き起こされて飯《めし》焚《た》きに拭《ふ》き掃除。親方は気分屋で頑固。気に入らねえことがあろうものなら拳骨の方が先に飛んで来る。冬になればヒビ、アカギレで、その中に印刷のインクが食い込むから、手なんざ黒いグローブに化けちまう。親方にも増して始末におえねえのが兄弟子《あにでし》で、今考えると、小僧を酷《いじ》めてストレスを解消させていた、って奴だ」

「人権問題だわ」

と、登志子が口を尖《とが》らせる。

「だが、当時はそれが当たり前。夜になってもほっとする閑《ひま》はない。仕事場の片付けや、機械の手入れ、風呂まで焚かされて夜業《よなべ》に掛かる。今の労働法のお役人が聞いたら、気絶すること請け合うね。だから、刑務所暮らしなど屁《へ》でもなかった」

「それで、出所されてから、印刷の仕事は続けなかったんですか」

と、山本が訊いた。

「それが、またお涙芝居みてえな話なんだ」

と、五兵衛は人事《ひとごと》のように言った。

「器量好みで嬶《かかあ》にした後妻がよくなかったね。嬶は若くって、ちょっとした別嬪《べっぴん》だったが、元元、辛抱のねえ女だった。最初のうちは、ちょいちょい面会にも来たものの、二、三年もするとそれが遠退《とおの》き、仕舞いにゃ姿も見せなくなった。薄薄は気付いていたんだが、好きな男ができたんだねえ。それはいいが、いざ出所してみると、家と地所までが他人の手に渡っていた。ぶったまげたね。とんと、浦島太郎だ」

五兵衛は上の前歯しかない口を開けて笑った。

「仕方なく、昔の仲間を頼ってある印刷屋で働くようになったんだが、その奴は親方のところにいるときにゃ、腕は空《から》っ下手《べた》の癖に人に取り入ることだけがうめえ男だった。その頃からせこく金を溜《た》めて、戦後はヤミ紙を操って成り上がった。百人もの従業員を働かせている社長様。気が付いてみると、機械の様子が全部違ってしまい、昔、鍛えあげられた腕の使い場所もなくなっていた。身体の苦労はいくらも辛抱するが、その社長に顎《あご》でこき使われるのが我慢できなくなって、はい、おさらばさ」

「おさらばして、やっていけたんですか」

と、布川が訊いた。

「いけた。兵隊で覚えさせられた車の運転が役に立って、今度はタクシー会社に飛び込んだ。別に決まった当てもなくふらふら東京中を流して歩き、今、東かと思うと今度は西さ。そんな仕事が性に合ったらしい。しばらくは呑気《のんき》に暮らしたんだが、今度は年だ。病気が出ちまいやがった。一時は一巻の終わり、死ぬかと思った。そこへ現われたのがこの婆さんで、これからが素敵な恋物語に移るんだが、時刻も早や看板に近付きましたれば、本日はこれ限り、又、明晩をお楽しみにお越し下さい」

だが、その続きは聞くことができなかった。翌日、布川が糀屋に行くと、今度は見慣れない客が二人だけいた。客ではなく、刑事だった。

ふくは布川の顔を見ると、何も言わずコップを布川の前に置いてビールを注いだ。次に皮付きの南京豆を大きな袋ごと突き出す。いくら糀屋でもこんな待遇は初めてだ。布川が呆っ気に取られていると、ふくは二人の男に向かって、

「お巡りさん、この布川さんも昨夜は来てらっしてたんですよ」

と、声を掛けた。

それで様子が判る。警察官の前ではさすがに糀娘は出しにくかろう。ちょっと見ると、兄弟みたいによく似た刑事だった。年齢は三十五、六、紺サージの背広で、一人は縞《しま》、もう一人は水玉のネクタイを締めている。よく観察すると縞ネクタイは顎が張り、水玉ネクタイは鰓《えら》の方が突き出ていた。

五兵衛は二本だけ残っている前歯で下唇を嚙《か》み、目をしょぼつかせて何かを見ていたが、

「そうです、この人でした」

と、言った。

顎の刑事は五兵衛が見ていた写真を受け取り、布川の前に差し出した。

「いかがですか。この人に見覚えはありませんか」

素人のスナップで、男の上半身が写っている。昨夜ビールを飲んでいたスポーツ刈りの男だった。

「覚えています。昨夜ここにいました。指に金の指輪をしていましたね」

と、布川は答えた。

「失礼ですが、あなたは？」

「トラッド光学に勤めています。布川と言います」

刑事はすぐ了解した。

「実は、昨夜、この男がついこの近くの産業道路の傍で死んでおるのが、通り掛かった人に発見されたのです」

　ふくは目を丸くした。

「死になすったんですか。あまり顔色はよくありませんでしたけど、そう急に死ぬとは思えませんでしたねえ」

「病死ではないのですよ」

と、刑事は言った。

「後頭部に深い傷があって、それが転んだはずみで打ったものか、あるいは車にでも跳ねられたものか、それを今、捜査しているところなのです」

　その事件なら、朝のテレビニュースで見たような気がする。

　午前三時頃、産業道路を走っていた乗用車の運転手が、車道に両足を突き出すような恰好《かっこう》で人が倒れているのに気付いて警察に届け出た。その男はすでに死んでいたが轢《ひ》き逃げだとすると大雨の最中で、犯人の証拠となる車体の破片などが洗い流されてしまう恐れがあるとアナウンサーが言っていたが、それが昨夜の金指輪の男だとは思わなかった。

「ほんとに判りませんねえ。人の生命なんて」

「この被害者は、輪林《わばやし》というて、この町のパチンコ店で住み込みで働いておりました。

〈出血パチンコ店〉ご存知ありませんか」

三人共、パチンコ屋に出入りしたことはなかった。

「輪林さんはよくここに来られますか」

「いや、一見《いちげん》のお客さんでした。連れの方も初めてで」

と、ふくが答えた。

「ほう……連れがおった。そりゃ、どんな人です」

「その、輪林という人と同年輩で、坊主頭で」

「……名は判りませんか」

「名は聞きませんでしたねえ。ただ、話の様子ですとその人は最近、刑務所から出て来た人みたいだったわ」

「刑務所——深堀のですか」

「そうなんですよ」

刑事はコップに口を当てた。中身は水のようだった。

「どんな話をしておりました？」

「……他には取り立てて、ねえ」

布川もあまり感じの良くない男で、特別に注意を払わなかった、と言った。

「その二人は、何時頃ここに来たのですか」

「……雨の降り出す、少し前」

「ちゅうと——十一時前後」

「そうですわねえ」

「それで、どの位おりましたか」

「……三十分、いえ、もっと短かったかしら」

「お酒を飲んだんでしょう」

「ええ、ビールを二本。もっとも、一本の方は半分も飲みませんでしたよ」

「じゃ、ものを食べるお客だったちゅうことですか」

「いいえ。あんまり」

刑事は壁に貼《は》ってある品書きに目を向けた。腹に溜まるような料理はほとんどない。

ふくは言い訳をした。

「ご覧の通り、内は爺《じじい》と婆《ばばあ》だけでしょう。きっとお気に召さなかったんですね」

「そのとき、他にはお客さんがおりましたか」

「ええ。小学校の和藤先生。花屋の栄さんに、三石《みついし》保険の山本さんご夫婦」

刑事はいちいち手帳に書き留めた。

「輪林さんが帰ったのは、すると、十一時半前ちゅうことになりますね」

「はい」

「店は何時に閉めましたか」

「昨夜は十二時」

「それから、あなた方、どうされました」

「……別に。湯に行って、帰って、寝ちまいましたねえ」

「十二時前後から、強い雨になりましたよ」

「そうでしたねえ。でも、あたしゃ神経痛がありましてね。お湯が毎日欠かせないんですよ」

「親父さんの方は?」

「この人は糖尿病。だから、お湯には関係がないの」

「……つまり昨夜は銭湯には行かれなかった?」

「ええ。あの雨でしたからねえ。この人は無精して先に寝てしまいましたよ」

「すると、外には出なかった」

「ええ」

ふくは気付かないようだが、布川は刑事の質問が少ししつこいと思った。これでは糀屋夫婦のアリバイを取り調べているのと同じだ。もしかすると、二人には警察の疑いが掛けられているのかも知れない。五兵衛の前科にはまだ気付いていないらしいが、それが知れると厄介になると思う。話を聞くと、二人は確かなアリバイを持っていないようだ。

　警察と入れ違いに、登志子が店に入って来た。

　登志子は輪林が死んだことを知っていた。

「それで、民雄さんが忙しくなったの」

　と、登志子は言った。

「へえ、輪林という人は、お宅の保険にでも入っていたの」

　と、布川が訊いた。

「ええ。額は大したことはないらしいんですけれど、一応はお客様なの。それで、民雄さんは出血パチンコ店の主人に呼ばれたわ。何でも、パチンコ屋の主人は抜け目のない男で、輪林さんが保険を掛けていたことが判ると、民雄さんに色色な用事を言い付けるんですって。北海道にいる家族への連絡とか、遺品の整理とか。遺体は今、病院に運ばれているけど、解剖が終わると、一応はどこかでお葬式をしなけりゃならないでしょう。民雄さんはその役も押し付けられそうなの」

「今、警察から人が来て、昨夜のことを色色訊かれたよ。警察は他殺の面でも捜査をしているらしいんだ」

「すると、犯人はあの一緒にいた刑務所出の男？」

「それはまだ判らないらしい。親父さん達もしつこく食い下がられていたじゃないか」

「すると、あたし達まで疑われてるんですか」

と、ふくが言った。

「警察は疑うのが商売だ」

五兵衛がぼそりと言った。

「年を越したビールに黴の生えた椎茸を出したんですからねえ。殺されるならあたし達の方ですよ」

「つまり、こっちが殺《や》られそうになって、反対になった、という奴さ」

「糖尿病にそんな力が出るのかねえ」

「なんの、もののはずみだ」

「阿呆だよ。そんなことを考えるのは。全く、嫌な土地に来たもんだ」

「糀屋さんはいつからここの店を持ったんですか」

と、布川が訊いた。

「つい、この間みたいな気がするけれど、もう、十五年以上たってしまいましたねえ」

「ここには識り合いがいたんですか」

「へえ、いつか話した、セイウチの団さんが面倒を見てくれたんです」

ふくはその話が昨夜だったことをもう忘れてしまったらしい。

「あたしゃ、お巡りさんが来たとき、てっきりこのことかと思いましたよ」

ふくはそう言って、空になった布川のコップに糀娘を注いだ。

十五年以上、糀娘の醸造に精を出していたことが警察に知れれば、ただでは済まなくなりそうだった。

輪林の葬式に、布川も立ち会うことになった。山本民雄が独りきりでは心細いと言って来たからだ。

事件から三日経った日、山本の運転する車で、布川は大学病院に向かった。あの雨の日から、天気はぐずぐずしていたが、久し振りに晴れて、同時に暑い日になった。山本はしきりに恐縮して、

「頼む方も頼む方だが、引き受ける布川さんも人が良すぎるって、登志子に散散叱《しか》られました」

と、言った。

「いや、いいんですよ。ここに来てから、ずっと会社と寮と糀屋の道しか知りませんから」

「たまの息抜きが、病院と火葬場では悪いみたいですね」

「……刑務所では、死刑も執行されるんでしょうね」

「多分、あるでしょう」

「その屍体は、矢張りここの火葬場に運ばれるんでしょうか」

「さあ――」

病院に着くと、担当の医者が、輪林の姉を紹介した。報《しら》せを受けて、北海道から飛行機で来たのだという。白衣の人ばかりの白い部屋で、黒いスーツに包まれた細い姿が押し縮められたように見える。

「弟が大変にお世話を掛けました」

と、翠《みどり》は消え入るような声で言い、頭を下げた。

「山本さんの報せで、初めて弟が深堀にいることが判りました」

色が白く、細面で大きな瞳《ひとみ》が涙で光っている。よく見ると、輪林の面影を読むことができるのだが、気品の点では較べものにならない。

「弟は両親に不孝ばかりかけたまま死にました。あなた方も迷惑をしていたのではありませんか」

山本は強く頭を振った。

「輪林は良い奴でした。あれで、本当は心が優しく……正直すぎて、言葉が下手ですから、でも、ご両親やお姉さんのことをいつも心に思っていましたよ。そのうち、きっと、成功して、と」

「……そうだったんですか」

翠の目から新しい涙が溢《あふ》れた。これだから保険屋は油断ができない。

「それが証拠に、輪林はつつましい生活の中から、きちんと保険を払っていたんですよ」

「ちっとも知りませんでした。ああいう弟がいるので、わたしは内の人にも肩身の狭い思いをして来たのに」

後で聞くと、輪林は新規加入者獲得の成績の悪い外交のおばさんから頼まれて一時的に保険に入った。これが、二週間も遅かったら、解約していたはずという。輪林は思わぬ死に花を咲かせたわけだ。

その内、警察から二人連れの刑事が来る。

翠は事情聴取のため、刑事と別室に行った。

山本は担当の医者に訊いた。

「輪林の解剖結果はいかがですか。矢張り、他殺ですか」

度の強い眼鏡を掛けた、三十前後の男だった。

「はっきり、他殺という結果は出ませんでした。被害者はかなり酔っていましたからね。詳しいことは警察で聞いてください」

翠の訊問は長く掛からなかった。

すぐ、全員が遺体安置室へ。

若い僧が葬儀屋と来ていて、すぐ読経を始める。翠、布川、山本、担当の医者と二人の刑事が、それぞれ焼香する。

翠は遺体と対面し、一しきり涙にかきくれていた。棺が閉じられ、安置所から病院の裏口へ。待っていた霊柩車に翠と僧と葬儀屋が乗り込み、布川は山本の車で病院を後にする。火葬場まで二十分だった。

待ち時間の間に、山本は輪林の保険金の件を翠に話した。

「この度は、何から何迄《まで》、ご厄介になりました」

と、翠は言った。

「お陰で父の医療費になります」

「……お父さまはお身体が悪いのですか」

「ええ。肺癌と言い渡されて、二年になります」

「それは……大変ですね」

「幸い、わたしが近くに嫁ぎましたから、面倒だけは見ることができますけれど」

翠の細い肩に、輪林家の厄難が重く乗り掛かっているようだった。

「そのうち、母一人が残って、病気にでもなったらと思うと……お恥ずかしい貧乏暮らしですから」

いつか、糀屋のふくが、あたしゃ内の人を見送ってから娘のところへ行くと言っていたのを思い出した。ふくの娘はかなり裕福そうだ。だから、元気で頑張っていられるのだろう。

しばらく待っていると、待合室に糀屋で会った二人の刑事が案内されてきた。

「病院まで行きましたよ。行き違ったようです」

と、縞ネクタイで顎の張った刑事が言った。

「さっき、警察宛《あて》で、輪林さんに郵便物が届いたんですよ」

顎の刑事は手帳の間から角封筒を取り出して翠の前に置いた。

見ると、表書きに「輪林事件担当刑事殿」と、変に四角張った字が並んでいる。筆跡を隠そうとしているような感じの字だった。

「差出人の名はありません。それで、中を改めました」

顎の刑事は封筒の中のものを取り出した。ありふれた香典の包みが出てきた。その表には同じ字で「輪林殿」とだけ書かれていた。

「多分、これを差し出した人は、輪林さんの死を知って香典を渡しとうなった。ところが、輪林さんは独身、下手《へた》なところに送れば、ご遺族の手に届かないかもしれんと思い、事件担当の警察の宛先を書いたのでしょう」

「……弟の知り合いの方かしら」

と、翠が言った。

「それにしても、差出人の名がどこにもないのが不審なわけです。何か、お心当たりがおありですか」

「……いいえ、全くありません」

「郵便局のスタンプは深堀になっておりますから、この土地の人には違いなさそうです。では、中をお改めください」

翠は香典の袋を開けた。中から折り目のない紙幣が出て来た。

「ほう……もの持ちのいい人がいますね。これは旧券ですよ」

と、山本が翠の手元を覗いて言った。

「キュウケン？」

「ええ、今の千円札の肖像は夏目漱石でしょう。でも、これは伊藤博文のお札です」

顎の刑事が慌てて首を伸ばした。翠が気味悪そうに紙幣を刑事に渡した。折り目のない伊藤博文の千円札が五枚。

「通し番号ですな」

と、刑事が言った。翠が自分の胸に手を引いた。

「どんな方か判りませんけれども、お名前が判らないようでは頂けませんわ」

「あ、いや……」

　遠くで煙草を吸っていた葬儀屋が口を挟んだ。

「狐《きつね》の香典——というのがありました」

　刑事が葬儀屋の方へ顔を向けた。

「狐の……香典ですか」

「ええ。昔、似たようなことがありましたよ。十五年……いや、内のお婆ちゃんがまだ生きていて教えてくれたんですから、十六年も前のことですか」

　葬儀屋は指を折った。

「産業道路ができたばかりでしたね。その事件は轢き逃げでした。犯人は不明。その後、どうなったか判りませんが。そのときの仕事も内でやらせていただきましたから、よく覚えているんです。お葬式の日、警察の捜査本部へ矢張り差出人不明の封書が届きまして、中を開けて見ると、被害者宛の香典袋が出て来ました。袋の中は千円札が五枚。もっとも、当時は旧券が流通していたときのことで、その点、不思議ではありませんでしたがね。当時の物価ですから、今の五千円とは違います」

「……ううむ」

　刑事が唸った。

「私のような仕事をしておりますと、色色な方と出会います。香典の袋にご自分の名を書きそこなったり、中には肝心のお札の方をお忘れになったり。はい。しかし、香典を郵送して来た場合は、ほとんどそういうことがございません」

「……そうでしょうな」

「その話を帰ってから内のお婆ちゃんにしたわけです。お婆ちゃんはその被害者のことをよく知っていまして、それなら、狐が送った香典だろうと言いました。訳を聞くと、何でも、その被害者は子供のとき、大雪で食べ物に困って人里に迷い込んで来た狐を助けてやったことがあったそうで、お婆ちゃんはその狐が送って来たものに相違ないと話してくれましたよ。狐には名がありませんから、書くことができなかったんだ、と」

「狐……ですか」

「昔の年寄りですから、何を言い出すか判りませんが、そういうこともありました」

刑事は翠に言った。

「輪林さんはいかがでした。北海道で動物などを助けたりしたことがありましたか」

「いいえ、弟は動物が嫌いでした。犬でも猫でも、傍へ来るのを嫌がりました」

刑事は葬儀屋に向き直った。

「それで、その香典はどうなりました」

「矢張り、ご遺族の方が不審に思ったのか、手をお出しになりませんでしたよ。それで、警察は一時、遺失物扱いにし、一年目、ご遺族に渡された、と思います」

狐が送った香典――そのまま信じることはできない。被害者を轢いた犯人が警察に届け出ることができず、良心の呵責《かしゃく》から被害者の遺族に金を送り届けた、と言うのなら判る。しかし、被害の場所も同じ産業道路、被害の遭い方も酷似している点が布川には納得できなかった。

顎の刑事も同じような思いのようで、しきりに首を傾《かし》げていたが、

「いかがでしょう、奥さん。その、前例に倣《なら》うちゅうことで、この香典は私達にお委《まか》せ下さいませんか」

「ええ、そうして頂くと、わたしも気が楽ですわ」

と、翠が言った。

刑事は慎重に紙幣と香典袋とを角封筒に戻し内ポケットに収めた。待合室を出るときの刑事の表情は、尋ねて来たときよりも緊張しているのが判った。

ほどなくして骨揚《こつあ》げ。

山本は骨壺《こつつぼ》を抱いた翠を車に乗せ、駅まで送り届けた。

「もし、困るようなことがあったら、いつでも相談に来て下さい」

山本は翠の後ろ姿が見えなくなるまで、発車しようとしなかった。

「本当に北海道から出て来てしまったら、どうする気だね」

と、布川が訊いた。

「僕も男だ。約束した以上、何とでもする」

山本は顔を引き攣《つ》らせてそう言った。

「でも、登志子さんの手前があるだろう」

「登志子がなんだ。翠さんが泣く姿を見て、あの人のためなら命もいらないと思った」

「……きっと、薄幸なんだな」

「そうだとも。翠さんの亭主野郎は冷たい奴に違いない。北海道から独りきりで弟の遺骨を引き取りに来させるなんて、ひどい薄情な仕打ちじゃないか」

どちらから言い出すでもなく、糀屋へ。

まだ開店の時刻でなく、暖簾《のれん》も出ていないが、構わずにガラス戸を引く。

カウンターの中で、ふくが独り呆然とした顔をしていた。

「今日はお休みよ」

と、甚《はなは》だ不満げな表情で言う。糀屋は日曜日が定休日のはずだ。

「臨時休業かね」

と、布川が訊いた。

「しばらくは店が開かないよ」

「……一体どうしたんだい」

「内の人が警察に連れて行かれちまったんだ」

「……どうして？」

「ほら、この間の輪林の一件でお巡りさんが内の人に、殺人容疑の逮捕状を持って来た」

「……まさか」

「あたしだって信じられないよ。でも、抜き差しならない証拠とか言うものが出て来たらしいんだよ」

「で……親父さんは何と言っていた？」

「そのことには何とも言わない。ただ、布川さんに万年青《おもと》をもらってほしいとだけ言って連れて行かれたよ。あれは何でも、剣葉濃紫吹掛絞《けんばこいむらさきふっかけしぼり》という名品で、お前に預けて枯らしでもしたら勿体《もったい》ないと。全く、どこまで後生楽《ごしょうらく》にできているんだか判りゃしねえや」

　その後、山本が警察に行って事情を聞いて来たが、五兵衛が逮捕となった直接の証拠は、警察に送られて来た狐の香典だった。

　警察が過去の記録を調べると、葬儀屋が言った通り、輪林の事件と極めてよく似た事件が十六年前にも起こっていた。

その事件は、十六年前の三月三十一日の午後二時頃、同じ産業道路で中年の男が死んでいるのが発見された。被害者は近所に住む農業を経営している横山千代吉《よこやまちよきち》という男で、この場合は被害者の傍にタイヤがスリップした濃い跡があり、自動車の塗装も剝げ落ちていたところから、警察は轢き逃げ事件と断定し捜査本部を置いて捜査に乗り出した。

ところが、横山の葬儀の日、捜査本部宛に一通の封書が届いた。係が開いて見ると、横山家への香典袋が入っていて、伊藤博文の千円札が五枚出てきた。

当然ながら、警察はこの匿名の差出人を重く見た。紙幣や香典包みから、指紋が発見されないというのも疑惑を深めるばかりだった。轢き逃げの犯人が、罪滅ぼしのため金を送って来たとしか考えられない。

だが、必死の捜査にもかかわらず、とうとう犯人は捕まらなかった。そして、今年の三月三十一日、十五年の時効が成立した。

「それが、いわゆる狐の香典事件だ」

と、山本が言った。

「花屋の栄さんはこの土地の人だから、そのときのことを覚えていたよ。ここじゃ、大事件だったらしい」

「それで、今度の狐の香典は、糀屋の親父さんが差出人だった、と言うのか」

と布川が訊いた。

「今度だけじゃない。前の狐の香典も親父さんの仕業だったことが判った」

「何だって？」

「決め手となったのは、伊藤博文の千円札なんだ。前の事件で送られて来た紙幣の番号が記録されて残っていた。千円札は新券で、五枚は通し番号だった。しかも、その番号は、今度送られて来た五枚の紙幣の番号に続いている。しかも、今度の紙幣には指紋が残っていて、それが親父さんのものだった。親父さんには前科があったから、すぐ割り出されてしまったんだ」

　布川はものが言えなくなった。

　二つの狐の香典から出て来た十枚の紙幣が一連の通し番号。しかも、今度の場合、糀屋の指紋が発見されては、二つの事件の間に十五年の歳月が横たわっているとしても、二つの事件に糀屋が関わりがあるとしか考えられないではないか。

「いくら、親父さんが元気だといっても八十。うっかりと指紋を残してしまったというのが警察の見方だ」

　と、山本が言った。

「親父さん本人は何と言っているんだ？」

「ほぼ、全面的に犯行を認めたらしい」

「……そうか」

「十六年前に親父さんはタクシーの運転手だった。たまたまその日はハイヤーの運転をしていて、東京から深堀まで客を送り届けた帰り、そのころすでに糖尿病が出ていて、疲れ易《やす》くなっていたんだと言う。客を送り届けた一安心もあって、つい睡魔が襲ったんだ。車にショックを受けて本能的に急ブレーキをかけたがもう間に合わなかった。親父さんは何しろまだ独り暮らし、病気は出る、蓄えはない。あるのは前科で、このまま失業したら生きてはいけなくなるという恐怖の方が強かったらしい。目撃者がいなかったのを幸いに、被害者を置き去りにして逃げてしまった。だが、考えれば考えるほど、寝醒《ねざ》めが悪い」

「それで、匿名の香典か」

「そう。それでせめてもの罪滅ぼしというわけだがね。もっとも、この方は際どく時効が成立している」

「それで、今度の事件は？　親父さんは車を持っていないぜ」

「そう。今度は轢き逃げじゃない。親父さんは輪林と喧嘩《けんか》して、あんなことになったのだそうだ」

「……喧嘩ね」

「覚えているだろう。輪林が糀屋へ来たときのことを。相手の坊主頭が刑務所出を鼻に掛けたり、場違いな注文をするものだから、親父さんもお上《かみ》さんもあまり愛想が良くなかっただろう」

「気の抜けたビールを出したりしてね」

「あれは、故意じゃなかったらしいんだが、とにかく、輪林達はろくに飲み食いしないで店を出て行った。その後、二人は別な店で飲み直し、今度は相当に酔ったという。輪林は坊主頭と別れてふらふら産業道路沿いに歩いているところで、親父さんと出会ってしまった」

「閉店後？」

「うん。お上さんが湯へ行った後、気が付くと煙草が切れている。産業道路に面して並んでいる自動販売機まで煙草を買いに行った。親父さんの方は親父さんの方で、大切に可愛がっている万年青を輪林達が蹴飛《けと》ばして行った。仇《あだ》をして出て行ったと思ったんだね。親父さんは最近年のせいかめっきり気短かで怒りっぽくなったと警察で悔《くや》んでいたそうだが、そこで出会った輪林と言い合いになった。相手は泥酔状態、その気はなくて突き飛ばしたつもりが、あおのけにひっくり返った。相手がいつまでも動かないので顔を寄せて見ると、男は歩道の角で強く後頭部を打ったようで、息がなくなっていた」

「それで、置き去りにして？」

「そう。家へ帰って来て、知らん顔をしていたというんだが、どうだい？」

「……ちょっと、信じられないな。今まで、親父さんが声を荒くしたり、相手に手を出したことがあったかい」

「一度もない」

「親父さん、誰かを庇《かば》ってるんじゃないのかい。それとも、諦めのいい質だから、言い開きをするのが、面倒臭くなってしまったのかも知れない」

「贋札事件で捕まったときがそうだと言っていたね」

「今度のその証拠というのも、誰かから預かったんじゃないのかな」

「……何とも言えない」

五兵衛の方は布川達の心配にもかかわらず、服役を覚悟し、弁護士なんかもいらねえと威張っているそうだ。

五兵衛がいなくては、ふくは糀屋を続けることができない。五兵衛と相談して、自分は娘の家に同居することに決め、糀屋は閉店することになった。

その、お別れパーティの日は六月の末、蒸《すしっ》し暑い日だった。

糀屋は入れ替わり立ち替わりの常連で鮨詰め状態となり、カウンターの中まで客が入り込んで、その日のうち糀娘の最後の一滴まで飲み尽くした。

ふくは努めて陽気だったが、夜が更けるにつれて淋《さび》しさが隠しきれなくなる。独身の布川と花屋の栄さんが引き留められるまま、最後まで残ることになった。

「まあ、考えてみりゃ、これであんた達の迷惑にもならず、目出度いわさ」

と、ふくが言った。

花屋の栄さんは酔っていたから、そうだそうだと騒いだ。

「だが、もう糀娘が飲めなくなる」

と、布川が言った。

「いや、糀娘なら俺が引き受けた。やっと本仕込みが終わって、今、盛んに発酵している。出来たら、皆で試飲会をやろう」

布川はちょっとびっくりした。

「栄さん、お酒を造っているの？」

「うん、親父さんから、秘伝を全部教えてもらった」

「……だって、あの秘伝は誰にも教えない。ここに来る客がなくなるからって、いつも親父さんが言っていたじゃないか」

「何か、気が変わったんだね」

「……発酵している、というと？」

「うん、一月《ひとつき》前からやり始めた」

布川は酔いが醒める思いだった。一月前とすると、五兵衛はそのころから糀屋を閉める覚悟だったに違いない。布川は慌ててふくに言った。

「もしかして、親父さんは今度の事件に無関係だったんじゃないんですか」

ふくはしばらく黙り込んでいたが、小声で言った。

「どうして、判ったね」

「だって、栄さんに糀娘の秘伝を教えてしまった。店を閉める気だったんだ」

「多分……あたしもそう睨んでいる」

「親父さんはそう言わなかったんですか」

「言わない。ああいう人だから、一度言わないと決めてしまったら、あたしにだって口が裂けても本当のことを言わない」

「おばさんは知っていたんですか」

「ああ……あの夜、湯から帰ってみると、一本しかない内の人の傘がちっとも濡れていなかった。外へ出たと言うのは、嘘なんだよ」

「……とすると、十六年前の轢き逃げ事件も、無実だったんでしょう」

「ああ、あの人はいくら疲れていたって、人轢き殺すようなどじな運転はしないよ」

「じゃ、何だって轢きもしない人のところへ香典など送ったんですか」

「ああ、ありゃ、保険さ」

ふくは事もなげに言った。

「判らない——何の保険なんですか」

「……布川さん、栄さん。ここまで言ったんだから、全部喋っちまうが、絶対、誰にも教えるんじゃないよ。約束するかね」

「……します」

栄さんも大きくうなずいた。

「保険たって、若いあんた達にゃぴんと来ないだろうね。でも、年を取るとその重みが判るはずだ。あの夜、内の人は昔話をしていたね」

「ええ。刑務所を出て、奥さんと家をなくして、タクシーの運転手になって、今度は病気が出てしまった、というところまででした」

「そう、その病気。今でも続いている糖尿病ですよ」

「一時は死を覚悟したそうですね」

「前からその気《け》はあったんですよ。でも、刑務所でのきちんとした生活と粗食でそれが表には出なかった。出所してから美食と酒と不規則な労働。これが重なって、いちどきに悪くなってしまった。そんなとき、たまたま横山千代吉て人が轢き逃げに遭ったのを知って、保険を掛けたわけ」

「…………」

「家族がなくって、蓄えもない。病いが出ても病院もろくに行けない。といって、内の人は道傍《みちばた》で野垂れ死にをするのが嫌だったらしい」

「そりゃ、僕だって嫌ですよ」

「そこで思い出したのは刑務所暮らし。聞いたでしょう。若い時分の苦労を思や、刑務所の方はいっそ天国だって。あの人にゃ、刑務所暮らしはさほど辛くはなかったようでね。横山千代吉が轢かれたのも刑務所のある深堀。その犯人になれば、再び深堀の刑務所に戻れる。内の人は道傍で野垂れるくらいなら、刑務所の中の方がまし、と考えたんです。そのための保険。銀行で十枚の通し番号の新券に換えてもらい、その半分を警察を通して横山千代吉の遺族に送り、半分は証拠として手元に残しておく。そうしておけば、いつでも警察に出頭して残りの千円札を見せれば、好きなとき刑務所に入ることができる道理でしょう」

「…………」

「ところが、内の人はそれを使わずに、ずっと今迄、持ち続けていた。というのは、その後であたしが内の人の前に現われたんで、野垂れ死にをする心配がなくなったから。まあ、あたし達のもたもたなんぞは羞《はずか》しくって喋る気にゃなれませんがね」

「すると、糀屋さんがここに店を開いたのも、その理由で？」

「そう。近くだから、いつでもすぐ入れるってね。でも、内の人も最後にゃどうやら人並みになった。すっかり長生きを諦めていたのが、どうやら八十まで寝込むこともなかった。その代わり、前の事件は十五年の時効になって、保険が切れたのと同じになっちまった」

「……そこで、親父さんは新しい保険が必要だったんですね」

ふくの喉《のど》が何度か低く音を出したようだった。

「新しい保険はあたしのためだったに違いない。あたしが娘から一緒に暮らそうと言われているのを知ってさ。内の人は自分がいるかぎり、自分を置いてあたしが娘のところに行くことができないと思ったんだろうねえ。あたしが神経痛を抱えて働いているのを見るに見かねたんだねえ」

「……判りました。安心して下さい。他の人には絶対喋りませんから」

ふくは皺《しわ》になった目をしょぼしょぼさせていたが、

「あたしなんざ、すっかり干涸《ひから》びて、水っ気なんか残っていないと思ったら、涙だけは出るもんだね」

と、言った。

その後、布川は一度だけ五兵衛のところに面会に行ったが、クーラーの効いた刑務

所で見たところは大変元気で、

「内の婆さん、俺が出所するまで貞操を守り通せるか」

などと下らないことを言っていたが、その年を越さないうちに死んだ。矢張り死期を悟っていたようだった。

密会の岩
泡坂妻夫
Tsumao Awasaka

群青《ぐんじょう》にもう少し赤を落とそうとして、絵筆の先に絵の具をすくったとき、背後で多勢の歓声があがった。

それまで、耳が単調な波の音だけに慣らされていたので、安里《あんり》はびっくりして、思わずその筆先でカンバスを突付いてしまった。

振り返ると、今迄《いままで》、誰もいなかった砂浜に、十二、三人の若い女性が集まっている。全員が真っ白なワンピースの水着で、同じ色の水泳帽。伸びやかな四肢《しし》が見事に焼け、昇ったばかりの朝日を受けて光り輝いている。

ぴりぴりと笛が鳴ると、女性達は談笑を止《や》めて、沖に向かって整列する。銀色の小さな笛をくわえているのは、身体付きはどうにかまだ学生には負けていないようだが、顔に皺《しわ》の目立つ中年の女性だった。表情がどことなく意地悪そうだ。帽子の色が一人だけ違って赤い色だった。多分、女子学生の指導者なのだろうが、どこかで見たことのある顔で、すぐ、歴史の本にあった清《しん》の西太后《せいたいこう》の写真にそっくりだと気付いた。

西太后の笛で、若い身体が一斉に動き始めた。腕を伸ばし、脚をあげ、上体をのけぞらせる……。

安里が我に返って、カンバスに目を戻すと、群青の空に、血のような赤い絵の具が糸を引いていた。安里は別の絵筆に油を含ませて、赤の色をぼかしたが、気は完全に女子学生の方に移ってしまった。

といって、堂堂と見物するわけにもいかない。安里はパレットを絵の具箱の上に置き、パイプに火を付けて折畳み椅子《いす》に腰を下ろした。画案に耽《ふけ》る、という趣きで、正面の岬とカンバスを見較べ、ちらちらと浜辺の方を見るようにする。

年齢の様子では大学生の体育部か水泳部で、どの子も垢抜《あかぬ》けした表情なのは、都会から合宿に来たのだろう。均整のとれた身体が、しなやかに折り曲がるのは見ていて快い。

見ていると、女子学生の後ろに、一人だけ三十前後の、黒いトランクスを着けた男が混じっている。どうも、羨《うらや》ましいようなものだが、安里は身体に全く自信がないので、頼まれたとしても逃げるよりないだろう。

ただ、身体はいいのだが、何となく表情が暗い感じで、とくに空を向いたときの顔が、何かを悲嘆しているように見える。ツービー　オア　ナット　ツービー……そうだ、ハムレットの台詞《せりふ》がよく似合う。

準備体操が終わると、女子学生は一斉に波打ち際で、歓声をあげながら水飛沫《みずしぶき》を立てた。西太后とハムレットは、短い防波堤の方へ歩いていく。防波堤には二隻《せき》のボートが舫《もや》ってあって、二人は先のボートに乗り、ハムレットが舫いを解き、ハンドルを握り、エンジンを掛ける。

西太后はストップウォッチを見ていたが、やがて、右手を高く挙げ、鋭く笛を吹いた。

それを合図に、全員が海水に身体を沈めて、沖に向かって泳ぎだした。その後から、ボートはゆっくりと防波堤を離れる。

白い帽子の一団は、安里が坐っている岩場の前を通り、白い足の裏を見せて遠ざかっていった。全員が向こう向きになったところで、安里は胸に下げていた双眼鏡を手に取って目に当てた。健康そうな尻《しり》が波に見え隠れするからだ。

防波堤の先端から、二百メートルばかり先に座禅岩が見える。沖に向いている座禅草のような形の岩なので座禅岩。白い帽子の群れは、防波堤と座禅岩との間を抜け、やがて見えなくなった。

安里は双眼鏡を目から外し、カンバスに向かったが、どうも興《きょう》が乗らなくなってしまった。しばらく、ぼんやりとパイプをくわえたままでいると、再び同じような歓声が起こった。

今度の一団は濃紺の水着と帽子だ。すぐ、同じように準備体操が始まったので、安里はまた、画案に耽るふりをしなければならなくなった。

よく観察すると、今度の女教師はジャガタラお春。何となく南の島の感じがするのだ。男の方は鬼界ガ島の俊寛《しゅんかん》で、どうも人から虐《いじ》められるというタイプ。黒く痩《や》せて、目ばかりぎょろぎょろしている。

体操が終わると、さっきと同じように、ジャガタラお春と俊寛はボートに乗り込み、遠泳する紺の帽子の後を追って行く。

小一時間もすると、モーターボートの音が戻って来た。出発したときは時間差があったが、帰って来たときには白い水着と紺の水着が入り混じっている。紺の水着の方が水に慣れているようで、どうやら上級生らしい。

どの顔も息を弾ませているが、それが健康的な色気に感じられる。朝日はかなり高くなっていて、その光が水を透して手足の動きを照り返す。

陸に上がると、全員が思い思いに、砂浜に打ち上げられた魚のように倒れ込むのだが、若いということは恐ろしく、ジャガタラお春の笛で軽い体操から深呼吸、自由時間になると、また海に飛び込んで泳ぎ出す学生もいる。

三人連れで岩を廻って安里の近くまで泳いで来た、白い水着の学生が声を掛けた。

「先生、絵を拝見してもいいですかあ」

先生と呼ばれて悪い気はしない。

「ご自由に。でも、うまかありませんよ」

三人は水を滴らせながら岩に登ってきて、安里のカンバスを覗《のぞ》き込んだ。

「うわあ、素敵。朝の海の匂《にお》いがするようだわ」

と言ったのは、丸い目鼻と口の大きな子で、多分、すぐ感想が言えるのは頭の回転の早い証拠、明るくて積極的。昔で言うと清少納言《せいしょうなごん》がこんな感じだったろう。

「先生は、有名なんですか？」

と、言ったのは、眉《まゆ》のきりっとした学生。

無名な日曜画家くらいだろう、と高をくくった言い方がちょっと小生《こ》意気だ。樋口一葉ならそう言い兼ねない。

「日曜画家ですがね。ちょっと知られているかも知れない。名はアンリ　ルソーです」

と、安里は言った。

「嘘《う》っそう――」

と、一葉が言った。

「嘘じゃない、アンリ、です」

安里は絵の具箱に書いてある名を示した。

「あら、本当だわ」

と、少納言が言った。

「でも、ルソーは海の絵を描いたかしら」

と、一葉が訊《き》いた。

「長生きしたら、当然、描いていたでしょう。でも、彼の人生はあまりにも短く、女性を愛する時間しかありませんでした」

「……何だか変ね。先生、他の画家とごっちゃにしてるんじゃありません」

「それなら、モジリアニだわ」

と、一葉が言った。

「はて、そうだったかな。でも、同じフランス人——、いや、ヨーロッパ人だ」

もう一人の学生は胸に腕を組んで、にこにこしながら安里達のやりとりを聞いている。モナリザの微笑だ。

「東京の大学?」

と、安里は訊いた。

「ええ、芸大の体操部よ」

と、少納言が答えた。

「多分……東京芸者大学のお嬢さん達かな」

「あら、そんなに色っぽく見えますか」

「見えるね。モデルにしたいな」

「モデルって、裸ですか」

「勿論《もちろん》」

「面白そうね」

「約束するかい」

「東京へ帰ったら」

そのとき、笛の音が響いた。西太后だった。

「お仕事の邪魔をしてはいけません」

三人は急いで海に飛び込んだ。

しばらくすると、学生達は浜を引き揚げて行った。

八時半、朝食の時間だった。安里もイーゼルを畳んで宿に帰ることにした。

カンバスを見た一豊《かずとよ》は、

「おや、今日は絵が少しもはかどりませんでしたね」

と、言った。

家の切り盛りがうまいから、山内一豊の妻なのではない。そうあれかしという安里のはかない願望が込められているのだ。

水戸の犬田浜。

このあたりは、猫の額みたいな浜があるだけで、ほとんどは岩場だ。海水浴客は近くの広い海水浴場に行ってしまうので、普段はほとんど人がいない。魚も寄らないとみえて、釣師の姿を見掛けることも少ない。

一豊の幼な友達が、この犬田浜に薬屋を開いていて、二、三年前から店の奥を改築して民宿を開いた。その年の夏は、安里の子供達が親と一緒に遊んでくれない年頃になった。そこで、一週間の休暇を一豊とこの芳流閣《ほうりゅうかく》で過ごす計画にしたのだ。

芳流閣——本当は聞いたらすぐ忘れてしまいそうな安直な名で、面白くないので安里が勝手にそう呼ぶことにした。名だけでも犬塚信乃《いぬづかしの》と犬飼現八《いぬかいげんぱち》が血闘をくり広げた芳流閣とすれば、居心地も大いに違う。この芳流閣の日の出が意外な拾いものだった。安里は久し振りにカンバスに向かう気を起こした。

朝は絵、朝食後に二度寝。午前中に釣り、昼食後に昼寝。それから、気が向くと近くの名所を見て歩く。もっとも、低血圧気味の一豊は朝日には無縁で、その代わり、夜になると芳流閣の後片付けなど手伝いながら、幼な友達の細川ガラシャ夫人と何を話しているのか、夜遅くまで喋《しゃべ》り合っているようだ。

翌朝も安里がいつもの場所にカンバスを立てていると、白と紺の芸大女子体操部員がやって来て、昨日と同じように浜で準備体操をしてから海に入って行った。

どうも、朝日といい、女子大生といい、誠に結構。三日目になるとすっかり馴染《なじ》みになって、遠泳から帰って来ると、少納言や一葉が安里に向かって手を振ったりする。紺の水着の女子大生とも顔見知りが多くなった。安里が思っていたように、紺の水着は二年生の体操部員、白が一年生の部員だという。安里は片っ端から名前を付けた。二年生では、痩せているオリーブ　オイル。ダイナミックな泳ぎ方をする高橋お伝。それに、カチューシャ。このカチューシャは部員の中で一番足の裏が白かった。夏が終われば、すぐ、透き通るような北欧美人に戻るに違いない。

一年生では、最初の日に口をきいた、清少納言、樋口一葉、モナ　リザ。豊満で一番泳ぎの早い女丈夫《じょじょうふ》、巴御前《ともえごぜん》。ちょっと野性的なカルメン……。

どうも、時代離れした名ばかりだが、最近話題の女性の名は安里が片っ端から忘れてしまうため仕方がない。

「先生、絵を描くときには、双眼鏡が必要なんですか」

と、少納言が訊いた。

「そう、風景はよく観察しなければいけない。たとえ、絵の中には描き込まなくとも、表現の方法として大切なんだよ」

「……そう言えば、あの岬にある松の木が先生の絵の中にはありませんね」

「それを、省略といいます」

「面倒になったわけじゃないんですね」

「……多少、それはあるかも知れない」

「ちょっと、わたしに双眼鏡を見せてくれません」

安里は首から双眼鏡を外して、少納言に渡した。

「わあ、よく見える」

少納言はあちこちに双眼鏡を動かしていたが、ふと、動かなくなった。

「何、見てんのよ」

と、オリーブ オイルが顔を寄せる。

「しっ……ハムレットの横顔がうんと近くに見えるの」

「キスできそうなほど？」

「できる、できる」

「わたしにも見せて」

「まだ、まだ」

「ずるいわ」

少納言とオリーブは双眼鏡の取り合いになった。

「ハムレットと言うのは、あのいい男の先生かね」

と、安里はもう一人傍にいたカチューシャに訊いた。

「ええ」

「人の考えはあまり変わらないな。人気があるんだね」

「……そのようね」

「おや、君はあまり関心がないようだね」

「そうかしら」

「そんなだよ。判った、他にいい人がいるんだろう」

「そんな人、いませんよ」

カチューシャはそう言ったが、言葉が甘い感じになった。そういえば、カチューシャの態度が一番大人びている。

双眼鏡がオリーブの手に渡った。

「おや、油断ができないわ」

と、オリーブが言った。

「真理がハムレットの前でお尻を振った」

「本当なら宥《ゆる》せない」

と、少納言が言った。

「本当よ。他の人に気付かれないようにして」

「ここに双眼鏡があるとは知らないんだな」

「真理って、どの人だね」

と、安里は少納言に訊いた。

「一年生。目が大きくて、野性的な感じの子」

それなら、カルメンだ。カルメンならその位はやってのけるだろう。

それも、一瞬のことのようだった。オリーブはしばらくすると飽きて双眼鏡を安里に返した。

「双眼鏡で、今、思い出したけど、昨夕、わたしの部屋を双眼鏡で覗いた者がいたわ」

「えっ、本当?」

少納言が目を丸くする。

「確かに双眼鏡だったわ。何かの光できらりと光ったのを見たから。普通の眼鏡よりうんと大きかったもの」

「どこから?」

「横の窓。ほら、わたし達のホテルは鉤《かぎ》の手になっているでしょう。その、横手の窓からだったわ」

「どの部屋か判る?」

「判んない。すぐ、カーテンを引いてしまったから」

「階数も？」

「ええ、はっきりしない」

「惜しかったなあ。わたしだったら、行ってとっちめてやったのに」

少納言は安里の方を見た。

「真逆《まさか》、先生じゃなかったんでしょうね」

安里は慌てて手を振る。

「違う、違う、濡《ぬ》れ衣《ぎぬ》だ」

「先生じゃないわ」

と、カチューシャは言った。

「だって、先生はそこの民宿でしょう」

「そうだとも。毎晩、夜は民宿にいてテレビを見ている。外に出たことはない」

それは本当だった。すっかり溜《た》まってしまったテープを東京から持ち込んで、毎晩そのビデオをこなしているのだ。

「そのとき、何をしていた？」

と、オリーブ オイルがカチューシャに訊いた。

「着換えをしていたわ。昨夕は暑かったから、窓を開け放しにしていたの。そうしたら、向こう側の暗い窓から二つのレンズが光っていて、気味が悪かったわ」

「……嫌らしいね」

と、オリーブが言った。

「君達のホテルは、学生さんだけじゃないのかい」

安里が訊いた。

「ええ。半分ぐらいは普通のお客さん」

「家族連れが多いんだろう」

「でも、家族連れだって、油断ができないわ」

「先生に言い付けたらどうだい」

「それは、駄目」

「どうして」

「それでなくても、口喧《くちやか》ましいのがいるのよ。そんなことを教えたら、夜の外出も禁止にされてしまうわ。それでなくても、ほら……」

西太后が安里の傍にいる三人に気付いたらしい。笛を口に当てるのが判った。三人はその笛が鳴らないうちに、海へ飛び込んだ。

芳流閣に帰ると、一豊が言った。

「最近、どうも変だと思ったら、毎朝、女子大生のお尻を見て涎《よだれ》を流していたんですね」

「……涎など流すもんか」

「すっかり見ていましたよ。今朝、目が覚めたものだから」

安里は窓に近寄った。部屋は二階で、なるほど窓からちょうど防波堤と座禅岩を一望にすることができる。しかし、そのために安里はあるものを目撃することになったのだ。

ちょうど、その夜の九時頃で、昔懐かしいフランス映画を観終わり、寝ようとして明日の朝のことを思い、何気なく窓から月夜の海を見たときだ。防波堤の先端でしぶきが立った。目を凝らすと、白いものが沖に進んで行くのが見えた。見覚えのある、体操部の女子大生の白い水着だった。

夜の海の遊泳とはいかにも若者らしい。こうした冒険ができなくなるから、ちょっとした双眼鏡の覗き見ぐらいは表沙汰にしないのだなと思っていると、その次は座禅岩の向こうに廻ったところで見えなくなってしまった。

翌朝、岩場に出たとき、安里は昨夜のことを思い出した。

昨夜、座禅岩まで泳いで行ったのは誰だろう。白い水着だったから、一年生に違いない。身体付きや、泳ぎ方からすると、モナ　リザかカルメンらしいのだが、はっきりしたことは言えない。

そのとき、ふと、座禅岩には先に誰かが待っていたのではないか、という疑問が起こった。なぜもっと早くそれに気付かなかったのか。気付いていれば、二人の帰りも見届けていたと思う。もし、座禅岩が逢引《あいび》きの場所なら、今夜もまた、という可能性もある。よし、今度はそれを確かめようと、一年生全員の身体と泳ぎ方の特徴を覚えようと、一生懸命になった。

毎夜のことだが、安里がビデオを観ている間、一豊はガラシャ夫人のところへ喋りにいって部屋にはいないので、気兼ねなく双眼鏡を使うことができる。

昨晩と同じ頃、果たして、黒っぽいものが防波堤の先に向かうのが見えた。それはウサギみたいに敏捷《びんしょう》で、するすると防波堤の先端に着くと、黒っぽい上着を脱いだ。双眼鏡の中で、女は上衣を地面に置き、すぐ海中に飛び込んだ。白いワンピースの水着は、体操部の一年生のものと同じだ。だが、四肢は海の暗さに紛れて、泳ぎ方の特徴がよくつかめない。全体の様子はカルメンに近いと思うが、断定はできない。

そのうち、女は座禅岩に泳ぎ着いた。すると、岩陰から一本の腕が伸びて、女の手を取った。女はその腕で岩から引き上げられた。

矢張り、男が待っていたのだ。

安里がぼんやりと座禅岩のあたりを見ていると、そのあたりで水飛沫が立った。女が岩に着いてから、ものの十分と経っていない。逢引きにしては早過ぎると思っていると、女は防波堤に向かって泳ぎ出す。来たときとは大分違う。競泳のような速さだ。女は防波堤に登ると、脱ぎ捨ててあった上衣を着、ぼんやりとした影に変身した。女はそのまま、するすると防波堤を駈《か》け抜け、安里の視界から消えてしまった。

座禅岩はそのままだった。月光の中に黒黒とうずくまり、動くものは見えない。一豊が部屋に戻って来るまで、そのままだった。

「あら、珍しい。待っていてくれたの」

と、一豊が言った。

翌朝、安里がいつもの場所にカンバスを立てていると、心待ちしていた女子大生の姿は一人も現われず、その代わり、沖の方から一隻の白い船が寄って来て、座禅岩の近くに留まった。船腹には水上警察の文字が読める。やがて、船からボートが降ろされ、何人もの職員が座禅岩に乗り移る。

そのうち、陸からは何台もの車が詰め掛け、警察官や報道関係者が浜に押し寄せた。こうなっては絵どころではない。早早に画材をまとめ、芳流閣に戻ろうとすると一人の背広を着た男に呼び止められた。

男は内ポケットから警察手帳をちらつかせて、話が聞きたいと言う。銭形平次の敵役《かたき》三輪《みのわ》の万七が容疑者に向かって十手をちらつかせる態度とそっくりだった。

「あなたですか。毎朝ここに来て女子大生の泳ぎを見物しているというのは」

と、万七が言った。

「女子大生を見物しているんじゃありませんよ。ご覧の通り、朝の海の景色を描いているのです」

万七は鼻の先で笑ったようだった。

「でも、女子大生と親しくしているそうですね」

「毎朝、顔を合わせます。挨拶《あいさつ》ぐらいはしますよ」

「今朝、あなたは、何時にここに来ました」

「五時ちょっと前です」

「早いですな」

「毎朝、朝日を拝むのです」

「それから今しがたまで、あの岩に泳いで行ったような人は見掛けませんでしたか」

「海に入った人も見ませんでしたよ」

万七は手帳を拡げた。

「あなたのお名前を聞かせて下さい」

「……安里行男《ゆきお》」

「ご職業は？」

「東京の殺鼠剤《さっそざい》製造の会社に勤めています」

「……サッソザイ、と言うと？」

「昔風に言うと猫いらず」

万七はそれで納得した。

「すると、休暇なのですね」

「ええ、家内と二人で来ています」

「宿はどこですか」

「芳流……いや、あの民宿です」

安里は後ろを指差した。

この後、万七はいつから来ているとか、現住所がどこだとか、しつこく訊きただして、最後に、昨夜はどこにいたかと、疑い深そうな顔をした。

「自分の部屋にいました」

「奥さんとご一緒でしたか」

「いえ、独りでした」

「独り……お独りで何をされていたんですか」

「テレビを観ていましたよ」

「どんな番組ですか」

「番組じゃありません。東京から持って来たビデオテープの映画を観ていました」

万七の顔付きが一層疑い深くなった。

「それは、何時から何時までです」

「食事の終わった、八時頃から十一時頃までです。十一時頃、一豊——いや、妻が戻って来ました」

「奥様はその間、どこにいらっしゃったんですか」

「毎晩その時間は、ガラ——いや、民宿の女将《おかみ》と話し込んでいます。幼な馴染みなのです」

「なるほど。あなたの部屋は何階にありますか」

「二階です」

「その部屋の窓から、あの岩のあたりが見えますか」

「よく見えます」

「昨夜、窓から外をご覧になりましたか」

昨夜、目撃したことが言い難《にく》くなった。

万七は安里のことを、毎朝、女子大生の水着姿を楽しみに浜へ出て来る嫌らしい親父だと思っているようだ。その上、夜まで双眼鏡で海に泳いでいる女子大生を見たと言ったら、何と思われるか知れない。カチューシャの部屋を双眼鏡で覗いた男も、安里だと言われそうな気がする。

安里ははっきりと言った。

「いえ、外は一度も見ませんでした。ビデオに夢中でしたから」

「……ほほう。面白そうなビデオですな」

安里は我慢できなくなった。

「一体、ここで、何が起こったのですか。なぜ、私がこんな質問を受けなくてはならないのですか」

「……実は、あの座禅岩の上で、人殺しがあったのですよ」

「人殺し……」

「そう、あなたがここに来る少し前でしたが、ヨットマンが沖に出ようとして、座禅岩の近くを通り掛かった。すると、岩の窪《くぼ》みの中に、男の人が倒れているのを見付けたんです。近付いてみると、犬田ホテルへ合宿に来ている女子大の教師で、ハムレット、いや——」

万七は手帳を繰った。

「ハムレットというのは学生の呼び名で、広光武雄《ひろみつたけお》というのが本名。その先生が血塗《ちまみ》れになって死んでいた。ヨットマンがすぐ警察に連絡、ホテルではハムレット先生の部屋が空だというので、この騒ぎになったのです」

「……あの、ハムレットが」

「ハムレット先生をご存知でしょう」

「知っているといったって、この三、四日。ただの顔見知りなのです」

「いや、別にあなたを疑うわけではありません。ただ、水着の若い子が大勢揃《そろ》うでしょう。どうしても、男の目に付く。二、三日前にも、双眼鏡で女子大生の部屋を覗き込んだ男がいたという。この浜に不審な男が出入りしていなかったか、とお訊きしているのです」

万七は安里の胸に下がっている双眼鏡をじろりと見た。

「そういうことなら、一向に気が付きませんね。わたしはいつもここに来ると、絵に没頭する方ですから」

ヘリコプターの音も聞こえる。防波堤は報道関係者で埋まり、カメラを座禅岩の方に向けている。

そのうち、灰色の布でぐるぐる巻きにされたものが、何本ものロープで船の上に移された。

あの中に、血塗れのハムレットが、と思うと、とても見ていられない。安里はしつこく追うテレビレポーターを振り切って、芳流閣の部屋に戻った。

一豊は布団の上に坐って、ぼんやりとした顔をしていた。

「寝ていられないわ。一体、何の騒ぎなの？」

安里は手短かにハムレットが殺されたのだ、と言った。

「警察に疑われていたみたいね」

「見ていたのか」

「もう、丸見え。いい薬だわ。いい年をして、女子大生の水着に涎を流すなんて、みっともないわ」

「だから、涎など流しちゃいない、と言ったろう」

「警察はあのぐらいじゃ済みませんよ。すぐ、この部屋に踏み込んで来て、家宅捜索するでしょう」

「俺は何も知らん。家宅捜索でも何でもするがいい」

「本当に、いいんですか。東京から面白いビデオテープを持って来ていないんですか」

「……多少は」

「それご覧なさい。すぐ、それが見付かります。別件逮捕というのです。あなたは警察に連れて行かれ、本格的に厳しい取調べが始められますよ」

「……冗談じゃない」

だが万一ということがある。安里は問題のテープを廊下のダスターシュートの中へ投げ込んだ。

八時のテレビニュースで、もっと精《くわ》しいことが判った。ハムレットは座禅岩の上で、四キロほどの石で頭を割られていた。黒のトランクス一つの姿で、防波堤から泳ぎ付いたようだという。死亡推定時刻は昨夜、七時から十二時までの間。同宿の俊寛はどういうわけか、早くからぐっすり寝込み、ハムレットが出て行ったのを知らなかった。アナウンサーは、体操部員達が、皆ショックを受けており、合宿を引き揚げることになった、と言った。

昨夜、安里が部屋の窓から、白い水着の女が座禅岩に行き、十分足らずで防波堤へ引き返したのを目撃した時刻と、ハムレットの死亡推定時刻が一致している。安里は女が防波堤に戻った後、ずっと座禅岩を見ていたのだが、そこに出入りした者はなかった。ハムレットを殺した犯人は、その女と思って間違いないだろう。

だが、行き掛かり上、万七には自分は何も知らぬ、と言い張ってしまった。すっかり気が滅入って、碌《ろく》に朝食も口に入らない。昼近くなると、警察や報道関係者の車も浜を引き揚げていき、その後にテレビで事件を知ったらしい野次馬がうろうろするようになる。勿論、そんなところでカンバスを立てる気も起こらない。

昼過ぎ、芳流閣の狭いロビーで珈琲《コーヒー》を飲んでいると、薬局に客があった。店には誰もいない。ガラシャ夫人を呼ぼうとして立つと、客は清少納言だった。

「あら、先生……」

テレビでは女子大生は全員ショックを受けていると言っていたが、少納言は割りに元気だった。

「ちょうどいい。ちょっと、話がしたい」

「今は駄目。わたし達、ホテルに足止めさせられているんです。でも、今朝のことで体調を崩した子が何人かいて、わたしが代表で用品を買いに来たところなの」

「よく判っている。十分でいい。いや、五分でも」

安里は無理に少納言をロビーに入れ、ガラシャ夫人を呼んで珈琲を注文した。

「そんなわけなら、早く話を片付けよう。実は僕は昨夜のことを見てしまったんだ」

「……見た？」

「そう。僕の部屋から、防波堤と座禅岩のあたりがよく見える」

一昨日見てから機を窺《うかが》っていた、と言うべきか。いや、それは喋らない方がいい。

「昨夜、たまたま外を見ていた。九時頃だったと思う。君達の一人が座禅岩に泳ぎ着き、すぐ、防波堤に戻っていったのが見えた」

「なぜ、わたし達の一人だと判ったんですか」

「水着が同じだった。座禅岩には誰かが待っていて、その学生を岩に引き上げるのが見えたよ」

「……それが、ハムレット？」

「見たのは腕だけだから、確かだとは言いきれない。だが、今朝の状況を見ると、まず、ハムレットだと思う」

「……先生、双眼鏡を使ったの」

「……うん……まあ」

「じゃ、その人が誰だか判ったわね」

「月は出ていても、夜のことだ。座禅岩まで距離がある」

「でも、今、先生はわたし達の一人だ、と確信を持って言ったでしょう」

「強いて言うなら……カルメンかモナ　リザだ。しかし、このことは他の人に喋っちゃいけない」

「判っています」

「君にやってもらいたいのは、その二人にそっと耳打ちすること。いいかい、現場の様子では、犯人もかなり返り血を浴びたと思う。犯人が泳いで帰ったとき、水着についた血は海水で洗い落とされたと思うと大間違い。繊維の中に食い込んだ血は、目には見えなくとも少しは残っているはずだ。何と呼ぶか知らないけれど、蛍光を当てて、薄い血液でも検出する方法があるそうだ。警察はそのうち、君達の一人一人の水着を調べると思う」

「……恐いわ」

「だから君の力が必要なんだ。特に、今言った二人には注意して、これ以上悪い事態にならないようにしたいな。僕の考えとしては、犯人に自首してもらうことが第一だ」

「わたしもそう思います」

「やってくれるかね」

「きっと……頑張るわ」

少納言は手を差し出した。安里はその手を握った。そのとき、ガラシャ夫人が珈琲を運んで来た。

その後、少納言がどう事を運んだか判らない。

しばらくすると、少納言から電話が掛かって来た。

「どうした。うまくいったか」

相手の声は沈んでいた。

「先生、手遅れだったわ」

「手遅れ？」

「わたしが帰ったとき、警察が全員の水着を持って行ってしまった後でした」

「……全員の」

「ああ、もう駄目」

「それで、今、そわそわしているような子がいるかね」

「いいえ」

「カルメンやモナ　リザは？」

「平気な顔よ」

少納言は電話を切った。

それ限《き》りだった。

だが、別のところから情報が入った。ガラシャ夫人が用事で犬田ホテルに行って、ハムレット殺しの犯人が俊寛に付き添われて自首したという話を聞いて帰って来た。

「犯人は誰でした？」

安里はせき込んだ。

「わたしにも言えないと言うのよ。犯人はまだ二十歳前なんですって。でも、さっき安里さんが手を握っていた子じゃなさそうだったわ」

「あなた、女の子の手を握ったんですか」

と、傍にいた一豊が言った。

「握ったんじゃない。握手だ」

するとこ、少納言が旨《うま》く事を運んだのだろうか。

「殺された先生。ひどい人だったらしいわ」

と、ガラシャ夫人が言った。

その話によると、その女子大生と俊寛とは前から深い仲になっていたそうだ。相手が俊寛だというのも意外だったが、ハムレットは座禅岩での二人の逢引きを知って、昨夕、俊寛を欺して睡眠薬を盛り、俊寛がぐっすり寝込んだところを見て、自分が座禅岩に行った。それを知らない女子大生は約束の時間に座禅岩に行き、ハムレットに乱暴されそうになり、夢中で傍に落ちていた石をつかんでいたという。

「全く、今の先生は油断も隙《すき》もあったもんじゃないわ。ねえ、わたし達の時代には、好きな先生がいたとしても、そんな大それたことは……」

と、ガラシャ夫人と一豊の間で話が湧《わ》き始める。

安里はそれが逮捕でなく自首だったことに一応ほっとしたのだが、夕方のニュースでも、犯人はA子さんと言うだけで、誰が犯人か見当も付かない。

七時。待ち兼ねた少納言から電話が掛かった。

「先生、うまく行ったわ。これからお食事なの。隙を見て電話しているので長く喋れないわ。先生、勘違いしていたでしょう。だから、ちょっと手間取ったんだけれど」

「ええ。先生、犯人は一年生と言ったけど、本当は二年生だったわ」

「僕が、勘違い？」

「二年生……一体、誰だ？」

「先生が、カチューシャと呼んでいた人」

「カチューシャが？」

「ええ。俊寛に連れられて、警察に行きました」

「しかし……あの水着は確かに、一年生」

「それなら、今夜の九時、座禅岩を見ていて」

そう言って少納言は電話を切ってしまった。

何のことやら判らない。

安里は大分前から双眼鏡を傍に置いて、窓にかじり付いていた。

九時。

防波堤の上に女が立った。

女は薄い水色のビーチウエアを羽織り、大きな花束を抱えている。

女はゆっくりと防波堤の端に進み、地面に花束を置きビーチウエアを脱いだ。女の動きはゆっくりしているので、双眼鏡の中で身体付きもよく判る。女はビーチウエアを花束の横に置いた。顔ははっきりしないのだが、身体付きは少納言に違いない。

少納言は防波堤から海に入り、手を伸ばして花束を持つ。その花束を片手で捧《ささ》げながら、少納言は器用に泳ぎ始めた。月光に晒《さら》された白い水着が、座禅岩に近付く。ほどなく岩にすがった少納言は花束を岩の上に乗せ、自分も岩に乗り上がって、見えなくなった。

ハムレットが殺された現場に花束を供えに行ったのだ。

しばらくすると、岩のあたりに水飛沫があがった。昨夜と同じ光景が再現されている。

帰りは花束がないので泳ぎ方も早い。少納言はすいすいと防波堤に近寄り、その上に登った。

そして、そのままの姿で、安里の方を向いた。安里の目を意識しているようだった。一呼吸置いてから、少納言はビーチウエアを拾い上げたのだが、それを羽織る間に全てのことが判った。

少納言の白い胸に、かすかだが、確かに双つの乳首を見たのだ。そして、影のように小さい女の部分も。

大して色白でもなさそうな少納言さえ安里の目を狂わせたのだから、元元、色の白いカチューシャの肌そのものが水着に見えたとしても、別に不思議ではなかったのだ。もし、カルメンなら、褐色の水着に見えていたに違いない。

少納言はそのことを手掛かりにして、カチューシャを付き止めたのだ。当然、水着には血痕《けっこん》など付着していなかった。

翌朝、芳流閣の裏手で、ダスターシュートの底を掻《か》き廻していると、ガラシャ夫人が通り掛かり、びっくりしたように言った。

「一体、何をなさっているんですか」

「ちょっと、ごみに混じって、落としてしまったものがあるんです」

「まあ、おっしゃってもらえば捜しますわ。一体、何でしょう」

「ビデオテープ。いや、別に面白くもないものなんですが……」

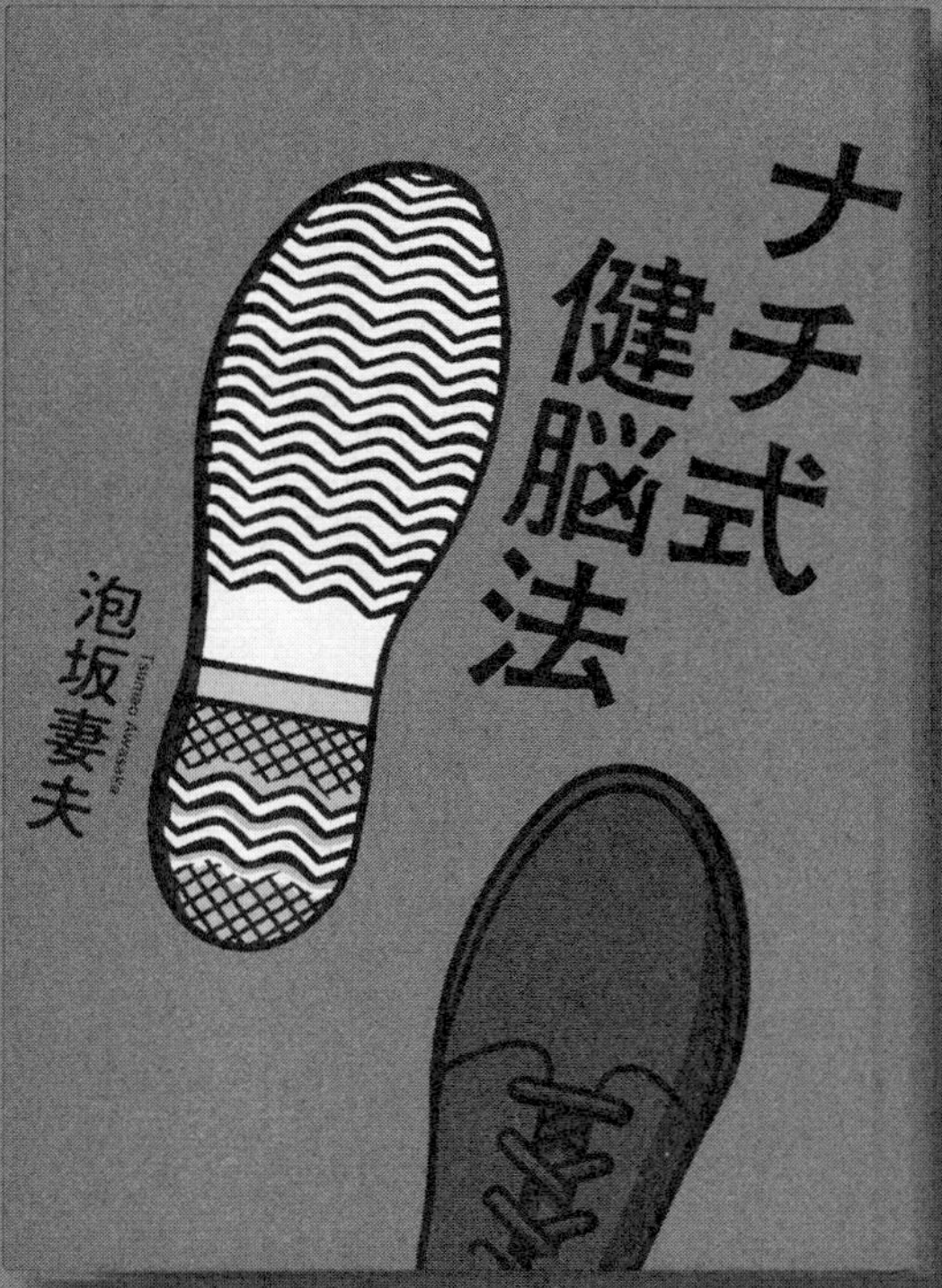
ナチ式健脳法
泡坂妻夫

省助《しょうすけ》は腹を減らして、その上、寒がっていた。

すっかり元気をなくしているのは、気持ちの上でも参っているからだ、と八衣子《やえこ》は思った。

省助は「キャッツアイ」というバンドのメンバーだったが、昨年の暮れ、それぞれの意見が食い違い、爆発をおこして四散してしまい、今年に入ってから全く仕事をしていないのだ。

牧夫《まきお》もたぶん、似たような状態だった。

八衣子と省助が連れだって牧夫のアパートに行くと、牧夫は暗い顔をして、テレビの前にうずくまり、三十年前のアイドル映画を見ていた。明後日になると妹の給料日で、そうしたら金が借りられる。それまで籠城《ろうじょう》しているのだと、甚《はなは》だ男らしくない発言をした。

「どこか、暖かくて食べ物のあるところはないかなあ」

と、牧夫は言った。

牧夫の部屋の石油ストーブは、石油が切れたままだった。八衣子はそう期待していたわけではなかったが、これでは最悪だ。狭いところに三人寄っていても、部屋は少しも暖かくなかった。

八衣子は暖かくて食べ物のあるところを一軒だけ知っていて、それはナチ和穂《かずほ》の家だといった。

「ナチ先生のところには、古い借金がそのままになっている」

と、省助が言った。

「ナチ先生のお説教を聞くくらいなら、凍え死んだ方がいい」

と、牧夫が言った。

だが、しばらくすると、牧夫は脚が痛くなった、と顔をしかめた。

「いけない。これから、雪になるぞ」

蔵王で生まれたくせに、牧夫は雪が嫌いだった。二年ほど前、雪に滑って転び、右脚を骨折してから、ますます雪が嫌いになった。その脚が雪になる前には必ず痛みだす。それは、天気予報よりよほど確かで、これまでに外れたことは一度もなかった。

「雪をやり過ごすには、矢張りナチ先生の家しかない」

牧夫は凍え死ぬのは平気だが、脚の痛みは我慢ができない、と言った。

「ナチ先生の奥さんは、若くて美人だ」

と、省助が言った。

一度、気分が変わりだすと、とことん変わる。省助と牧夫はナチの家は天国だと言い換え、あちこちから小銭を拾い集めて夕暮れの外に出た。

ナチ和穂の家は、板橋の赤塚というところだった。ナチの家は農家だったから、敷地が広く、離れにスタジオもある。降り籠《こ》められたらそのスタジオで泊まることもできる。

車でならわけもないのだが、バンドが解散してから、省助はその仲間の車が使えなくなっていた。

省助は更に小銭を惜しみ、八衣子と牧夫にだけ切符を買わせ、自分はその間に挟まって、区間の違う定期券をちらちら見せて改札を通り抜けるという手を使った。

目的の駅を出ると、牧夫の予報通り、大きな牡丹雪《ぼたんゆき》が舞っていた。

商店街を抜けて、曲がりくねった雪の道を奥へ進む。駅から最短距離の道をたどって、正しくナチの家に着いたことは、一度もなかった。その日も、省助と牧夫が記憶をちぐはぐさせていた。八衣子は最初から先頭に立つ気はなかった。

それでも、どうやらナチの家の門を見付け、省助がナチの真似《まね》をして口笛を吹く。

いつもなら、チューバがチューバそっくりの声で唸《うな》りだすのだが、門の中からは応答がなかった。

省助は改めてインターホーンを押すと、すぐ真冴《まさえ》が玄関のドアを開けた。

「あらあら、雪達磨《ゆきだるま》みたいになって」

真冴は二十四、八衣子達よりいくらも年上ではないが、しっとりしたたおやかさがある。夫のナチ和穂は二十も年上だった。声は歌手時代と変わらない、上品な色気をたたえたテナーだった。

真冴は花柄の薄手のワンピースで、家の中に通されると、それがちょうどいいほど暖かい。大きな花瓶にはフリージャが溢《あふ》れている。ナチ家には一足先に春が来ているようだった。部屋の一隅はバーになっていて、ここならクラブにいるようなものだ。

「チューバはどこかへ行ったんですか」

と、省助が訊《き》いた。

真冴は形のいい眉《まゆ》をちょっと曇らせた。

「一週間ほど前……天国へ行ってしまったわ」

「……そうだったんですか。ちっとも知らなかった」

「朝起きてみると、小舎《こや》で冷たくなっていたの。ナチは寿命だろうって言っていたけど」

ゆったりとしたダイニングルームで、ナチは付けっ放しのテレビを背にして煙草を吹かしていた。

太い眉にいかつい黒縁の眼鏡。気取り屋で顎髭《あごひげ》を綺麗《きれい》に揃《そろ》えているが、ちょっと見ると、これが「ウェットポート」のような恋の艶歌《えんか》を作曲した先生のようには見えない。

ナチは八衣子達の顔を見渡して、

「やあ、来たな。だが、借金を返しに来たような顔じゃないな」

と、言った。

体面ということを一切考えの中から外していた牧夫は、飲み物なんかより、お腹に溜《た》まる物を食べさせて下さい、と言った。

真冴が正月の大きなお供えを持って来た。ナチは残ったら持って帰ってもいいと言ったが、真冴もつい釣り込まれて手を出すことになって、一片も残らず餅《もち》は消えてしまった。

ナチは今夜中に仕上げなければならない仕事を抱えているようだったが、皆に一言ある、と言った。

「この世を食って通るだけだったら、カラスにでもできる」

こんなとき、これまでの経験で、言わすだけ言わしておくのに限るのだが、腹がふくれて注意力が低くなっているらしく、牧夫がうっかりと口を滑らせた。

「そのカラスになりたいです」

これでは、火に油を注《そそ》ぐようなものだ。ナチは人間に生を得ながら、カラスになりたいなどとは以《もっ》ての外だ、と言った。

「すると、人間はカラスよりも偉いのですか」

と、牧夫はナチに訊いた。

「当たり前ではないか。人間は万物の霊長という」

「しかし先生、カラスが家も金もなくて生きていけるのに、人間は家やお金がないと生きていけないじゃありませんか。省助なんかはコーラがないと、もうだめです」

「……生き物というのは、高級なほど生き方が複雑なものだ」

「複雑なものは、どうもいけません」

「近頃の学生は歴史や経済を、漫画で覚えるというじゃないか」

「英語も漫画です」

「どうも歯痒《はがゆ》いな。人は楽な方に進むと、低級になるぞ。大体、人間と動物とはどこが違っているか知っているのか」

「はい。二本足で歩くことでしょう」

「ばか。二本足なら、カラスでも歩くわい」

「……なるほど」

ナチは手近にいた省助の頭をぴしゃぴしゃ叩いた。八衣子は省助の頭から雲脂《ふけ》が飛び立つのを見た。

「つまり、脳である。この大小が決定的な差なのだ。この大切な脳も、鍛えなければカラスにも等しい」

「先生、今日はカラスに何か遺恨でもあるんですか」

「君はどうして余計な心配をする。脳を効率よく使っていない証拠だ」

「よく、そう言われます」

「ただ、脳といっても、大体、四つの部分からできている」

「はい、頭頂葉、側頭葉、前頭葉、後頭葉でしたね」

「ほう、感心だな。よく言えた」

「誉められると恥ずかしいんですが、実は試験に同じ問題が出たんです」

「よかったな」

「それがよくはないんです。試験に出たとき答えられなかったものですから、今でもよく覚えているのです」

「何だ、全く実用的でない頭の使い方をしている」

「役に立たないことほど、よく覚えるんです」

「つまり、頭の鍛え方も使い方も間違っている。最近では、君のような者が、実に多いな。そこで、考え付いたのが、特別な健脳法だ」

「先生、この前は卯《う》の花健康法とか言って、おからばかり食べていましたね」

「うん、あれもそれなりの効果はあったんだが、豆腐屋が嫌な顔をするので、一時中断している」

「目玉が赤くなってきたんじゃないですか」

「今度のはもっとためになる。何しろ、相手が脳だからな。私はその、後頭葉に目をつけた」

「後頭葉でしたら任せて下さい。この部分は、時間性を認識します。物事の内容、意味、構成を知って、更に、学んだことを創造的に再構成する力があります」

「それほど知っているのに、なぜその能力を活用しようとしないのだ。いかにも君の言う通りで、我我のような仕事をしている者にとっては、最も重要な脳だということが判るだろう」

「その脳を鍛えるわけですね」

「だが、今迄《いままで》、その健脳法を思い付いた者はいない」

「どんなことをするんですか」

「今、実験の途上であるから、軽軽しいことは言えないが、これが完成すれば素晴らしい芸術家が次次と生まれるぞ。実に、人類の福音《ふくいん》、人間の幸せとなる」

「先生、それで、ナチ式健脳法を教える道場を作り、先生が教主となって、全世界に幸福をもたらそうというのでしょう」

「……よく、私の考えが判ったな」

「卯の花健康法のときも、同じことを言っていました」

「全く……役に立たないことはよく覚えている男だ」

「あのときも、日当を貰《もら》って、僕達が人体実験をしたことがありましたね」

「うん、皆でおからばかり食って、体重や血圧を計った」

「今度も実験台になる人が必要なんでしょう」

「うん。そうしてくれると助かる」

「頭が良くなって、日当が貰えれば、こんないいことはありませんが、反対だったら弁償してくれますか」

「いや、元元、君などはばかであるから、その心配はない」

　牧夫は真冴に訊いた。

「先生はマジなんですか」

「卯の花健康法のときも本気でしたわ」

　と、真冴が言った。

「今度も、ときどき自分で試しているみたいね」

「……頭を切ったり、叩いたりするわけじゃないんでしょうね」

そのとき、玄関のチャイムが鳴った。真冴が立って、インターホーンで応対していたがすぐナチの傍に来た。

「大縞《おおしま》さんです」

「……いつもの二人か」

「ええ。何か、渡したいものがあると言っていますよ」

ナチはちょっと八衣子達の方を見てから、真冴に言った。

「スタジオで話してくる。しばらく待っていてくれないか」

省助が言った。

「僕達、もう帰ります」

ナチは笑って、

「柄になく遠慮なんかするなよ。この雪じゃ、帰ったって寒くて仕方がないだろう。朝飯を食ってから帰るつもりだったんじゃないかな」

「……そうでした。それから言い難《にく》いことも残っていました」

そのとき、八衣子のいる場所から、ガラス戸越しに、ちらりとその二人連れが見えたのだが、一人は白髪を小さくまとめた老女で、もう一人は、二十歳前後、目鼻立ちの大きな、豊満な女性だった。

それが、七時半のことだ。

ナチがスタジオに行った後、真冴とテーブルに移り、麻雀《マージャン》を打つことになった。

省助は二人連れの来訪者を見ていたようで、牌《パイ》を動かしながら、しきりに真冴に訊くのだった

——前から先生と識《し》り合いだったんですか。

——それとも、どこかでスカウトした歌手なのかな。

——どうして僕達に紹介しなかったんだろう。

——まだ若そうだけれど、なかなか肉感的な美人じゃありませんか。

真冴は最初のうち、あまり答えたがらない様子だったが、最後の言葉で表情を変えた。美人というのは、他に美人が現われると、ひどく気になるものらしい。

「あんな可愛い顔をしている癖に、大変な曲者《くせもの》なのよ」

「一体、何者なんです」

「あの女の顔を見た？」

「横顔だけでしたけれど」

「どう、内のナチに似ていると思う？」

「……全然、似ていませんよ。先生は四角な顔で団子鼻で色が黒い」

「そうでしょうね」

「すると……真逆《まさか》？」

「それなのよ。他の人に喋《しゃべ》ってもらっちゃ困るんだけれど、あの女はナチの落とし胤《だね》だと言って名乗って来たの」

八衣子は麻雀どころではなくなった。牧夫と省助もなるべくその話題を絶やさないようにしながら勝負を始めた。

真冴が話したところによると、二人が最初に訪問したのは、正月の松の取れたころ。年寄りは大縞きわ、若い女性は大縞春香《はるか》といって、きわの孫だと紹介した。

きわの舌はぺらぺらよく動いた。

「昨年の秋、この春香の母親が急に亡くなったんでござんすよ。行年《ぎょうねん》四十三で、まだこれからという矢先、春香の成人式を目の前にして、あなた、急性肺動脈塞栓《そくせん》というんだそうでしてねえ。何の因果でそんな病いが出たのか、春香を残して、死ぬにも死ねなかったと思いますよ。思い返せば、あたしゃあの子に母親らしいことは何一つしてやれなかった。本当に苦労のし通しで、それを思うと口も利けなくなるほどでござんす」

その後、きわが死んだ娘の遺産を整理していると、古い一枚の写真と書きかけの手紙のようなものが出て来た。きわはその写真の人物を見たこともなかったが、さる人に示すと、それは今有名な作曲家でナチ和穂という名だと教えてくれた。そういえば、一緒にあった手紙はどうやらそのナチ和穂に書かれた恋文のようでもある。

「どこまでも不憫《ふびん》な子でしてねえ。そんなことがあっても、母親のあたしにも何一つ話さず、心の底にじっと秘めていたんですよ。でも、それを知って、あたしゃじっとしていられなくなったんでござんす。娘のことはともかく、何も知らない春香はこの年になるまで、父親の顔も知りませんでした。春香が子供のころ、しきりにあたしのお父さんはいつ帰って来るの、そう娘に尋ねていて、娘はそれを聞いて涙ぐみながら、お父さんは大切なお仕事で東京へ行っている。お仕事が終わればきっと北海道に戻って来る、そう申しまして……」

喋っているうち、きわは強請《ゆすり》めいた口調にもなった。

「ええと、あれは何てえ週刊誌でしたか——そうそう〈クローズアップ〉。そこの編集部に行くと、この手の写真をびっくりするような金で買ってくれるとかくれないとか、こんな婆あにでも、色色な知識を付けてくれる人がありやす」

それを聞くと、春香はわっと言って泣き出し、きわにむしゃぶり付いて、

「いくら何でもお婆ちゃん、そんなはしたないことを言うなんてあんまりだわ」

と、言った。

それからしばらく、二人はわめいたり泣いたりしていたが、下心があることは、明

白だった。

きわは最後に、粉のようなものが入った小瓶をちらちらさせ、

「あんた方の出様では、どんなことになるかも知らない。あたし達に希望がなくなれば、この薬を使いたくもなる。言っておくが、芝居なんかじゃござんせん。あたしゃ、北海道の病院の掃除婦をしているから、こんな薬はいくらでも手に入るんだ」

と、言って帰って行った。

「先生はそれを否定しないんですか」

と、八衣子が訊いた。

真冴は浮かない顔で、

「勿論《もちろん》、わたしの前では覚えがない、と言ったわ。でも、ナチはその時期、実際に北海道で暮らしていたことがあったし、付き合っていた女もいたらしいのよ。それに、わたしなら一目見ただけで、あ、この子は違うなと判ったんだけれど、男の気持ちって本当に判らない。そりゃ、迷惑だとは言っていたけれど、なぜか憎めないようなのね。わたしが離れて様子を見ていると、ナチは成人式のお祝いのようなものをそっと渡していたわ」

「自分が昔、持てたような気になったのかしら」

「きっと、そうね」

「それから、二人はちょいちょい来ているの？」

「ええ。あのときみたいに泣いたりはしなくなったけど。段段、ナチに情が湧くように、という手なのよ」

　省助が口を挟んだ。

「先生は血液検査のようなことはしないんですか」

「まだ、その気はないようね。大縞の方も、金をせびるわけでもないし、急に親子関係を認めよとも言わないでいるから」

「なるほど……もしかして、その婆さんはその道のプロなんじゃないかな」

「とすると、ナチは妙な人間に見込まれたわけね」

「奥さんは心配じゃないんですか」

「……別に心配しても仕方がないわ。そりゃ、気にはなるけどね」

「先生は人が良すぎるんですよ。警察に突き出したらいい」

　それを聞いて、牧夫が言った。

「そうしないとこを見ると、先生は春香という子が気に入ったんじゃないのかな」

　もし、そうだったら、真冴が呑気《のんき》に麻雀など打っている場合ではなさそうだった。

　八衣子が見ると、傍目《はため》では真冴が自分で言う通り、春香の出現にあまり心配している様子はない。春香が本当のナチの子ではないとすると、それ以上詮索することもないだろう。

八衣子はいつの間にか勝負にだけ夢中になっていた。

ナチがダイニングルームに戻ってきたのは、九時ごろだった。

後で判ったのだが、そのころには雪がすっかり止《や》み、赤塚では五センチの積雪を残していた。

「ライターの付きが悪くなってしまった」

省助が和了《ホーラ》するところだったので、だれもナチが帰って来ているのに気付いた者はいなかった。

真冴がすぐ立って、電話台の小引出しから、赤いライターを取り出してナチに渡した。

「先生、次に代わりましょう」

と、省助が言った。

ナチは煙草に火を付け、

「いや、続けていてくれ。あと、三十分もしたら一段落する。それから付き合うとしよう」

「あなた、仕事をしていらっしゃったんですか」

と、真冴が訊いた。

「ああ」

「大縞さん達は？」

「帰った」

「どんなお話でした」

「春香が結婚するそうだ。その相手の写真を置いて行った」

ナチはズボンのポケットから、サービスサイズの写真を取り出して真冴に渡した。

八衣子が覗くと、健康そうな若い男が白い歯を見せていた。

「それで、何か頼まれたんですか」

「何も。ただ、それを言いに来ただけだ」

真冴は小首を傾《かし》げたまま、写真から目を放さなかった。

「結婚する、と言っても、わたし達には関係がないわ」

「それはそうだ」

それから、すぐ勝負が付いた。

省助は清一色《チンイーソー》の役を作っていた。外の三人の出来はよくなかった。

「お茶でもいれましょう」

と、真冴はテーブルから立った。

「俺は酒の方がいい」

真冴はバーに入って、棚からカットグラスを取り出した。

八衣子も立って、珈琲をいれる用意をする。真冴は二つのグラスに濃い目の水割りを作り、ナチと牧夫に渡した。

ナチはグラスを持つと、

「すぐ、仕事を終わらせるからな」

と、玄関の方へ歩いて行った。

「一体、どういう気なんでしょうね」

と、八衣子が真冴に言った。

「大縞さん、のこと？」

「ええ」

「結婚するのなら、勝手にするがいいでしょう」

「……きっと、またお祝いを渡すようになるでしょうね」

真冴は自分が飲む水割りを作っていた。八衣子はあまり真冴が酒を飲んでいるのを見たことがない。お祝いを渡すだけで事が済めばいいが、真冴もそれを心配しているようだ。八衣子もその話題を続けないことにした。

皆が珈琲を飲み終えても、ナチは帰ってこなかった。

案外、仕事に手間が掛かっているんだろうと、四人は再びテーブルを囲んだ。

これも、後で判ったのだが、十時ちょっと前に電話が鳴った。

真冴が受話器を取った。真冴の応対で、相手はテレビ局らしいことが判った。

「ええ、もう仕上がっていると思いますけれど、ちょっと待って下さいね。折り返し、こちらからご返事します」

真冴は受話器を置くと、掛け時計を見上げ、

「あら、もうこんな時間だわ」

と言って、改めて受話器を取り、ダイヤルを廻した。

「おかしいわ……出ないわ」

真冴は眉をひそめた。

「わたし、スタジオを見て来ましょう」

と、八衣子が言った。

「そうしてくれる。こんな日にうたた寝でもすると、風邪を引いてしまうわ」

八衣子は玄関のドアを開けた。

雪はすっかり止んでいた。

庭は一面に白い雪で覆われていて、スタジオへの道の上には、雪を踏んだ同じ靴の跡が二本、くっきりと付けられているのが、門灯の光ではっきりと見えた。

「君だね、最初にナチさんの屍体《したい》を発見したのは」

「はい」

「名前は？」

八衣子は答える代わりに、学生証を見せた。

「他の二人は？」

「はい。同じ大学です」

「ここへはよく来るのかね」

「ええ」

八衣子は手短かに答えた。血を吐いてピアノの前に倒れていたナチを見たときの衝撃がまだ去っていなかった。

すぐ、真冴に先生が大変ですと、電話で知らせた。真冴の通報で、何分か後に救急車が到着したが、屍体を見た救急隊員はこれは変死の疑いがあると言い、警察に連絡した。

「今日は、いつここに来たのかね」

「……七時頃だった、と思います」

「雪の降っていた最中だ」

「ええ」

「君達が来たとき、ナチさんはどうしていたね」

「ダイニングルームで、煙草を吸っていらっしゃいました」

八衣子が質問されているのは、大きな仏壇のある和室だった。ナチの母親が生きていたとき、いつもこの部屋にいたのを見ている。

「ナチさんの様子は？　いつもと違うようなところは気付かなかったかね」

「先生は普段とちっとも変わっていませんでした。仕事が終わったら、皆で麻雀をすることになっていたんです」

「なるほど。じゃ、ナチさんはそれからスタジオに行ったんだ」

「いえ、その前に、お客さんがやって来たんです。それで、先生はそのお客さんと一緒にスタジオに行きました」

「ほう……お客さん、ね」

刑事は客と聞くと、急に興味を示したようで、油断のない顔付きになった。
三十五、六。目尻《めじり》が切れ上がり、鼻の高い、口元のきりりとした刑事だ。刑事は大縞きわと春香の組み合わせに関心を示したが、八衣子は大縞という二人とナチとの関係をあまりよく知らない、と答えた。
「ナチさんがその二人とスタジオに行ったのは何時頃だったね？」

「……七時半、その前後だと思います」

「奥さんはスタジオには行かなかったのかね」

「ええ、一度も。先生がスタジオに行った後、四人で麻雀を始めましたから」

「……スタジオの応接セットのテーブルには、三人前の珈琲カップがそのままになっていたが、じゃ、ナチさんがそのお客さんに珈琲をいれてやったのかな」

八衣子は多分、そうでしょうと答えた。ダイニングルームのバーにはサイフォンがあるが、スタジオのはインスタント珈琲だった。いつもポットに湯が入っていて、誰でも手軽に珈琲をいれることができる。もし、打ち解けた仲になっていたら、春香が珈琲の用意をしたのかも知れない。

「まだ発表の段階でないので、他の人に喋られては困るが、実は三つのカップの一つに、毒のようなものが入れられた形跡があるんですよ」

八衣子は身体を固くした。

ナチの尋常でない死に方は、毒によるものだったのだ。そのとき、スタジオにはナチときわと春香の三人しかいなかったはずだ。一つのカップに毒があったとすると、毒を入れたのはその三人の内の誰かということになる。

「ところで、大縞きわと春香が帰った時刻を知っているかね」

「……知りません。二人はスタジオからそのまま帰ったようです。ナチ先生がそうおっしゃっていました」

「ほう……とすると、その二人が帰ってから、ナチさんは君達のところへ来たのですか」

「そうです。先生はライターが付かなくなった、と奥さんにおっしゃいました」

「……すると、代わりのライターを取りに来たわけだ」

「ええ。奥さんが電話台の引出しから赤いライターを出して先生に渡していました」

「それは、何時頃ですか」

「……そのとき、掛け時計を見ました。九時でした」

ナチはライターと水割りを持って部屋を出て行き、それから一度も戻らなかった、と八衣子は言った。

十時頃、真冴はテレビ局からの電話で、ナチの帰りが遅いのに気付き、スタジオに電話をしたが誰も出ない。それで、八衣子がナチの様子を見に行った。そのとき、積もった雪の上に、スタジオを往復する二本の足跡をはっきりと見た。

八衣子がスタジオに入ると、血を吐いてピアノの椅子《いす》から転がり落ちているナチの姿があった。ピアノの前には、書きかけのスコアがそのままになっていた。

「それで、大体の経過が判りました」

と、刑事は言ったが、決して満足した様子ではなかった。

「さっき、気象台に連絡して確認を取ったんですが、この辺で雪が止んだのはちょうど九時前後。その時刻にスタジオと母屋を往復したナチさんの足跡をあなたが見た、という話とよく合っています。雪は八時半頃から急に強くなり、九時には上がったといいます。一方、大縞の二人の足跡はどこにも残っていません。従って、その二人はまだ雪の止まぬうちにスタジオから帰って行った、と考えていいでしょう。ここまではよろしい」

刑事は改めて八衣子の方を見た。

「殺人事件の現場は、なるべく手を付けず、そのままの状態を保っているようにして警察に届け出る。勿論、こんなことは常識で、現場付近に残されている足跡なんかも重要な証拠になることがある。ところが、今度の場合、雪の上にあった足跡はかなり色色な人達に踏み荒されていた。と言って、あなた達を責めているんじゃない。事情を聞くと、そうなったのも無理はない。ま、それでも鑑識さんが苦心して色色調べた結果、ほぼ、完全に近いナチさんの足跡を見付けることができたんです。ところが、それを見ると、大変に奇妙なことに気が付きましてね」

刑事は両手を開き、掌《てのひら》を下に向けた。足に見立てるつもりらしい。

「今、あなたの話を聞いていると、あなたがスタジオに行こうとして母屋の玄関を出たとき、雪の上に二本の足跡が残っていた、と言いましたね」

「その通りです」
「その一本はスタジオから母屋に向かい、もう一本は母屋からスタジオに向かってい
た。だが、どうも、そうではなさそうなんです」
「……先生の足跡じゃなかったんですか」
「いや、ナチさんの靴だったことは確かなんです。スタジオにその靴がありましたか
らね。ただ、納得できないのは、スタジオから母屋に向かっている足跡が、母屋から
スタジオに向かっている足跡の上を踏んでいるんです」
「………」
「ね、変でしょう。あなたの話では、九時頃、ナチさんがスタジオから母屋に来て、
奥さんからライターを受け取って、スタジオに戻って行った。とすると、帰って行っ
た足跡の上を、母屋に来た足跡が踏むはずがない。これが逆なら、私は何とも言いま
せんがね」
　刑事の言う通りだった。
　どう考えても、帰りの足跡の上を往《い》きの足跡が踏むのは不可能だ。刑事は言った。
「足跡は動かし難《がた》い事実として、そこに残っています。今、足跡だけで考えを進める
と、こうなるでしょう。ナチさんは雪が止んだ九時頃、スタジオから母屋に来て、元
のスタジオに帰って行ったのではなくて、母屋からスタジオに行き、そこで何か用を

してから母屋に帰って来たのだ、と」

「……そんなことを言っても、先生はスタジオの中で倒れていたんです」

「ですから、あなたが見た足跡というのは、もしかして、何かを錯覚してそう判断したんじゃないか、と思うわけですよ」

「……錯覚なんかしていないわ。足跡ははっきり、往きと帰りの二本でした」

「じゃ、帰りの足跡の上を、往きの足跡が踏んでいることに気付きましたか？」

「いいえ」

「そうでしょう。普通なら、とてもそんなところまで目が届きませんからね」

八衣子はそのとき初めて気が付いた。刑事は自分の言っていることを少しも信じていないのだ。雪の上に残された足跡の方を動かない事実として、それを基に捜査を進めているのだ。

そして、次の言葉でそれが証明された。

「こう、見事に辻褄《つじつま》が合わないんじゃ、あなたの話が間違っている、としか思えませんね。あなたが見た足跡は二本だけじゃなく、もっと別のものがあったとしたら、こちらの考えも変わってきます」

「わたしが嘘を吐《つ》いている、というんですか」

「見間違いなら、早く正した方がいいと思いますよ」

「どうしても、私の方が違っていると思っているんですね。なぜ、わたしが嘘を言わなければならないんでしょう」

「それは、ナチさんが死んだとき、スタジオにいたのはナチさん一人だったと、私達に思わせたかったからでしょうね」

八衣子は口がきけなくなった。刑事は畳み込むように言った。

「ねえ、正直におっしゃい。ナチさんが死んだとき、スタジオに行ったのは、あなた達の、誰です？」

ダイニングルームは慌ただしく警察官が出たり入ったりしている。一時、目まぐるしく窓が外の照明を受けて明滅した。報道関係の取材に違いない。

八衣子が待機しているように言われて、ダイニングルームに入ると、省助がぐったりしたような顔で麻雀台に肱《ひじ》を突いていた。

「奥さんは？」

八衣子が訊いた。

「何だか、親戚《しんせき》みたいな人が来て、居間の方で話し込んでいるみたいだ」

「じゃ、元気なのね」

「一応は」

真冴はナチの屍体を見ると、その場で倒れてしまったのだ。

「警察、相当しつこかったろう」

と省助が言った。

「わたし達、疑われているみたいね」

「そうなんだ。俺は、ナチ先生から、借金をしているしなあ。勿論、人の生き死ににに関係するような額じゃないけど、相手は今の若い者は何をしでかすか判らないという先入観を持ってるんだ」

「牧夫は?」

「あ奴は酔っているから、麻薬でも使っているかと思われるかも知れない」

「……殺人を疑われないまでも、わたし達、仲間で何かを隠してると思われているのは確からしいわ」

「……嫌な立場になった」

「わたしなら、矢張り大縞の二人が怪しいと思うけど。第一、あのお婆《ばあ》さん、毒薬が入っている瓶を持っていたというじゃない」

「そりゃ、警察だって、一応そう思うだろうけれど、あの二人の容疑はどうやら薄そうだな」

「どうして」

「スタジオから帰った、二人の足跡がなかったからさ。ということは、雪が止んだのは九時だから、遅くとも八時半頃に二人は帰って行ったことになる。二人が先生に毒を飲ませたとすると、それから三十分も先生は元気で、僕達のところに来て何でもないような顔で帰って行ったのはおかしいんじゃないか」

「……先生が毒を飲まされたのなら、そのころは毒の徴候が見えるはずだ、というのね」

「うん」

「……毒が融け難いカプセルなようなものに入っていたとしたら？」

「先生が、そんなカプセルを飲むと思うかい」

「そうね。卯の花健康法をするくらいだから、先生は薬嫌いだったわね。とすると……特殊な毒かしら」

「飲んでから、三、四十分後になって突然効き出す毒？」

「ええ」

「……そんな毒があるかなあ」

「ないとすると、矢張り大縞さん達じゃないわけ」

「いや」

省助はそっとあたりを窺《うかが》い、声を低くした。

「これは僕の考えだけれど、先生は矢張り大縞のどちらかに殺されたんだ」

「………」

「そう考えると、不合理な足跡の形までが、ちゃんと説明できるんだ」

「ナチ先生の足跡が？」

「そう。ナチ先生がスタジオに出入りした時間を、ちょっとずらせてみるだけでいいんだ。いいかい、大縞の二人がやって来て、先生と一緒にスタジオで会ったのが七時半頃。それはいいんだが、雪の降りしきる最中にその二人はスタジオを出た。そのとき、先生も一緒にスタジオを出て二人と別れ、先生の方はそのまま母屋に戻った、と考えるわけ」

「……そうすると、三人の足跡の上には雪が積もってすぐ見えなくなってしまうわね」

「そう。先生は玄関からすぐ自分の部屋に入ったんだ。俺達は麻雀に夢中だったから、先生がずっと前に母屋に戻っていたことに気が付かなかったんだ」

「……先生は独りで何をしていたのかしら」

「そこまでは判らない。調べものか何かだろう。先生は九時までそこにいて、ライターに火が付かなくなったので、ダイニングルームに来たのさ」

「……確かに、わたし達、誰も先生が玄関から入って来るところを見たわけじゃなかったわ」

「そうだろう。一方、大縞の二人の内、どちらかが、一度スタジオを出ることは出たのだが、まだ先生に言い忘れたことがあるのに気付いて、すぐスタジオに引き返し、ナチ先生が仕事をしに来るのを待っていた」

「……段段、判ってきたわ」

「先生は雪が止んだ九時、母屋を出て、スタジオに向かう。そのとき雪の上に残した足跡が、母屋からスタジオに向かっている一本の足跡だった」

「すると、先生はスタジオに帰ってから毒を飲まされたの？」

「その通り。二人の間でどんなやり取りがあったか判らないが、とにかく、相手は上手に毒を飲ませ、自分はナチ先生の靴を穿いて、母屋の方に向かう。しかし、母屋には入らずそのまま門から外に逃げてしまったんだ。そのとき雪の上に残されたのが、母屋に向かう足跡。そうすると、往きの足跡の上を、帰りの足跡が踏んでも、少しも不思議じゃあない」

「その靴は？」

「そう——犯人は靴をスタジオに戻すことはできない。そのまま、持って行ったのさ。先生なら何足も自分の靴を持っているから、たまたま、警察はスタジオから同じような一足を探し出しただけだろう」

八衣子は同じ靴という点がちょっと引っ掛かったが、その事件の構成なら、不思議な足跡の意味が、よく判るような気がした。

「きっと、その答えが、ほとんど近いと思うわ。刑事に教えてやったら？」

「いや、まだ判らないことがあるんだ。大縞が、なぜ先生を殺さなけりゃならなかったんだろう」

「……そうね。大縞の目的は先生からお金を強請《ゆす》ることだったのだから、肝心の先生が死んでしまったら、お金の出るところがなくなるんだものね」

「……大縞は反対に、先生に尻尾《しっぽ》でもつかまれたのかな」

「逆に、警察に届けると脅されて？」

「そう。あの婆さんのことだから、きっと前にもっと悪いことでもしているような気がする」

省助はそこまで言って口を閉じた。さっき、八衣子を訊問した刑事が部屋に入って来たのを見たからだ。

刑事は二人の傍に近付いて来て口を開いた。

「ここに来た大縞という二人は、ナチさんを脅迫していたようだね」

八衣子と省助は顔を見合わせた。

「牧夫が、喋ったんですか」

と、省助が訊いた。

「ああ、あれは面白い男だね。カラスが好きなんだってね。カラスに生まれていたら、鳴き声が天才で、他のカラスから尊敬されていたはずだ、と言っていたよ」

「牧夫は酔っているんでしょう」

「そう。それだから、大縞のことも喋ったんだ。君ね、こういうことがとても大切なのは、よく知っているだろう」

「別に、隠していたわけじゃないんです。ただ、奥さんがそう言うのを聞いただけですから」

「わたしもそうです。それが、本当かどうかは判りませんから」

と、八衣子も言った。

「まあ、それはいいとして、奥さんは最初大縞の二人が来たとき、春香はナチさんの子だと名乗った、と君達に教えたんだね」

「そうです」

「それで、二人が今日来たのは？」

「……春香という人が今度結婚するそうで、ナチ先生はその相手の写真を渡された、と言っていました」

「その写真は、君達も見たんだね」

「ええ」

「それは、今どこにあるだろう」

それには八衣子も省助も答えられなかった。

「いや、確かめたいのは、それだけだ」

刑事は歩き出そうとして、ふと、八衣子の方を見た。

「大切なことを忘れるところだった。小井沢《こいざわ》牧夫は酔うといらないことまで喋るらしいね」

「ええ。ですから、よく喧嘩《けんか》になるんです」

「でも、いくら酔っても、言えないことが一つだけあるそうだよ。それを、君に伝えてくれと言われた」

「……どんなことですか？」

「若いのに感じが鈍いんだな。私だって、それだけで、全部が判ったよ」

八衣子は自然に顔が熱くなるのが判った。

それにしても――事件の真ん中にいて、そんなことを刑事に頼む牧夫が、とんでもない阿呆《あほう》に思えた。

そのとき、電話が鳴った。

刑事は反射的に手を伸ばしかけ、ちょっと考えて、八衣子の方を見た。

「ちょっと君、出てくれないか」

八衣子が受話器を耳に当てると、威勢のいい声が飛び出して来た。

「ナチ先生ですか」

「はい」

「やあ、奥さん？」

「いえ……奥さんは今、ちょっと取り込んでいまして」

「じゃ、伝えて下さいよ。返事だけでいいんです。こちらは駅前の蔦鮨《つたずし》なんですがね」

「蔦鮨さんね」

「毎度、有難うございます。実はね、今、ナチ先生のとこのお客だというご婦人がお二方《ふたかた》店に来ているんです」

蔦鮨はここで声を低くした。

「ご婦人といっても一人は品の悪い婆さんなんですけどね。お勘定をナチ先生のところに付けて置け、とこう言っているんですが、それでいいでしょうかね。かなり、召し上がってるんですがね」

刑事は受話器に耳を寄せていたが、それを聞くと玄関から飛び出して行った。

連れられて来たきわと春香は、普通に歩けないほど酔っていた。

「何だてめえ、誰が警察を呼べと言ったんだ」

と、きわはわめいた。

「鮨屋だな、畜生。どんな悪いことをしたって言うんだ。どんなにおれが飲もうが食おうが、ナチ先生は嫌な顔一つしねえんだ。さあ、先生を呼んでくれ」

「先生はここにはいない」

と、刑事が言った。

「いなくても呼んで来い」

「婆さん、お前は知っているんじゃないか。先生は毒殺されたんだぞ」

「そうだろう。おれがいたら独酌なんかさせねえさ。科《しな》を作って、ちゃんと酌をしてやらあ」

「判らないな。ナチさんは殺されたんだ。毒を盛られたんだぞ」

「へ?」

きわはそれでも、よく事情が呑《の》み込めないようだった。

春香の方は、とっくにソファに倒れて、動かなくなっている。

八衣子はアイスボックスから氷を取り出してポリ袋に入れ、氷嚢《ひょうのう》を作ってやった。

「何だ、てめえ、おれが折角気分良く酔っているのに、酔いを醒《さ》ませてえのか」

きわはそれでもあたりの様子が尋常でないことに気付いたようで、八衣子が氷水を飲ませると、大分静かになった。

「ナチさんのスタジオを出たのは何時だった?」

と、刑事が訊いた。

「さあ、何時でしたかねえ」

「ナチさんとどのぐらい話していたんだ」

「長かあいませんよ。先生、これから仕事だてえいいますから、三十分足らずだったかな」

二人がナチのところに来たのは七時半頃だったから、八時にはスタジオを出たことになる。

「それから、どうした」

「歩いて駅まで行きましたよ。ところが、あの大雪でしょう。寒くて仕方がねえ。鮨屋の暖簾《のれん》が目に入って、一杯引っ掛ける気になったんでさ」

「……で、ずっとそこで飲んでいたのか」

「へえ。旦那《だんな》。注意した方がいいよ。あすこの魚はまずまずだが、酒が二番だ」

「鮨屋から一歩も外に出なかったか」

「おや、変なことを言いますねえ。すると、旦那、何ですか、おれがナチ先生を殺《や》ったとでも言うんですか」

「そうだ。お前は毒薬の入った小瓶を持ち歩いているというじゃないか」

「そんなもの、今日は持っちゃいませんよ」

「どうしたんだ？」

「この節、物忘れがひどくなりましてねえ。どこかにやってしまいました」

「どこにやった」

「置き忘れたんですよ。判ってりゃ、取り返していまさあ」

「スタジオでは、先生がいれてくれました。案外まめな先生で」

「へえ、先生がいれてくれましたよ。案外まめな先生で」

「ナチさんも一緒にそれを飲んだんだな」

「判り切ったことを訊くね、旦那は」

「お前がそれに毒を入れた、でなかったら、もう一人の春香がそうしたはずだ」

「冗談じゃねえや。はばかりながら北海道のラワンのおきわだ。悪に付け込んで強請はするが非道をしたことがねえ姐御《あねご》だ」

「……じゃ、ナチさんを脅迫していたことは認めるんだな」

「おっと、そこが違う。ナチさんに近付いたのは目眩《めくら》まし。敵は本能寺にあり」

「何だと？」

「酔っても言えねえこともある。だが、殺しの疑いを掛けられていたんじゃ、黙っていることができねえ。本当の獲物は那智《なち》真冴、奥さんの方だったんだ」

「……奥さんを？」

「あの女は、ナチ先生に恩を掛けられていながらひでえ阿魔《あま》で、先生に隠れて若え男と乳繰り合っていたんだ」

八衣子はびっくりして言った。

「じゃ、さっき先生が持っていた、春香さんと結婚することになっているという男の写真が？」

「そう、鹿野亘《しかのわたる》てえアスレチッククラブの二枚目だ。どうです、違いますかね、奥さん？」

きわは遠くに声を飛ばした。

八衣子が振り返ると、いつ来たのか、真冴が凄《すご》い表情で立ってきわを睨《にら》み付けていた。

きわは真冴に言った。

「鹿野の写真を先生に渡しておけば、いずれあんたの目に止まる。そうすりゃ、こっちの下心が判って、あんたの方にもそれ相当の覚悟ができると思ってね」

真冴は白くなるほど唇を噛《か》んでいたが、そのうち、身体の内部で何かが爆発したように、一度びくっとしたと思うと、床の上に倒れてしまった。

全貌《ぜんぼう》が判ってみると、事件は思っていたよりずっと単純なものだった。

きわが置き忘れたという毒の入った小瓶は、図《はか》らずもナチの家にあって、真牙がそれを見付けたのだった。もし、きわが物忘れなどしなかったら、こんな事件にまで発展しなかったはずだ。

瓶を見付けた真牙は、どうせただの脅しの道具だろうと、試しにチューバに与えたところ、チューバはその場で血を吐いて死んでしまった。

真牙はびっくりしたが、勿論、それを使う気など一切なく、バーの棚の隅に押し込んでおいた。

それをどうしてナチの水割りのグラスに入れたのか、何度思い返しても判らない、と真牙は警察の調べに対して告白したという。

きわがナチに渡した、鹿野亘の写真を見て、ひどく困惑したのは事実だった。このことをナチに知られたら、自分は破滅する。ナチの信頼を裏切り、情欲に溺《おぼ》れていたことは一切言い開きができない。どうしてもナチに感知されてはならないの一心で、気がかあっとし、気が付くと、発作的にナチのグラスへその薬を入れ、ナチに手渡していた。

ただし、真冴はその後、殺人現場に、わずかな工作をしたことは、はっきりと認めた。

屍体発見のときのどさくさに紛れ、同じ薬をナチが使ったと思われる珈琲カップの中に入れ、バーからナチが持ってきた水割りのグラスを綺麗に洗い流したこと、警察の疑いを大縞の二人に向けようとする策略だった。誰にも判らないように珈琲カップに薬を落とし、水割りのグラスを洗うのに、一分と掛からなかった。

蔦鮨の主人達の証言で、きわと春香は七時半少し過ぎた頃、店に来て飲み食いし、警察に連れ去られるまで店を動かなかったことが確かになった。従って、きわや春香が、スタジオに引き返したりはしなかったのだ。

ナチは最初皆が考えたように、九時頃、一度だけライターを取りにスタジオと母屋の間を往復したのだ。ナチはスタジオの中で独りで水割りを飲み、その場で倒れてしまった。警察が発表した死亡時刻も、九時前後ということだった。

ナチの葬儀には、八衣子達も手伝いに行き、大変に忙しい思いをした。

来客が一段落し、三人が何となく揃ったとき、八衣子が今度の事件で、一つだけまだ判らないところがある、と言った。

「先生はスタジオと母屋を往復したとき、どうして、帰りの足跡の上を、往きの足跡で踏むことができたのかしら？」

「そんなもの、僕達を困らせるための、言い掛かりさ」

と、省助は言ったが、牧夫は違う意見だった。

「それについて、色色考えてみたんだが、答えは一つしかないと思う」

「答えに辿《たど》り着けたのね」

「ああ。僕はナチ先生は自分で考え付いた、健脳法を実行していたんじゃないか、と思う」

「……健脳法？」

「そう。後頭葉を鍛練する、って奴だ。ただし、脳は筋肉じゃないから、動かすことはできない。だから、その代わりに、そこへ神経を集中させるように心掛けるわけさ」

「後頭葉に――どうやって？」

「たとえば、テレビに向かって、後ろ向きに坐り、後頭部でテレビの画面を見るような稽古《けいこ》を積む」

「そういえば――あの日も、わたし達が行ったとき、先生は付けっ放しのテレビを背にしていたわ」

「多分、先生は日常そんな練習をしていたんじゃないかな。だから、あのときも、先生はスタジオを往復するのに、後頭葉で道を見るような姿でスタジオと母屋を往復した」

「……じゃ、後ろ向きになって、歩いていたのね」

それなら、二本の足跡は逆向きになるわけで、当然、往きの足跡が帰りの足跡に見え、帰りの足跡が往きに見えるから、見掛けの帰りの足跡の上を往きの足跡が踏んだとしても、少しも不思議ではない。

「こりゃあ驚いた。牧夫にそんな考えができる才能があるとは思わなかったぞ。警察はまだそんな健脳法があるなんてことを知らないだろうから、俺が刑事に話してやる」

と、省助が言った。

その、牧夫の才能に惹《ひ》かれたわけではないが、八衣子はその後、何度か二人だけのデートに付き合った。

牧夫は女性の扱いが下手《へた》で、

「来世《らいせ》はカラスに生れ変わり、一緒に東京の空を散歩しよう」

などと、あまり手放しで賛成できないようなことを言った。

妖異
蛸男
泡坂妻夫
Tsumao Awasaka

母さんがうんとごはんを食べている。

義雄《よしお》は書いたばかりのその一行を読み返してみた。何となく、気になる調子だったからだ。読み返してみて「春の海ひねもすのたりのたりかな」という響きと同じだということが判った。

指を折って確かめてみる。ちゃんと五七五になっている。

これだったら、いくらでも俳句ができそうだった。令嬢が、やれ季語がどうとか、字余りはいけないというから面倒臭くなる。節でも付けるように考えれば、これをすぐ短歌にすることができそうだ。

母さんがうんとごはんを食べてるときは、閻魔《えんま》さまでも近付かない。

……まてよ。変に調子がよすぎる。算《かぞ》えてみると五七五七七ではなくて、五七七七五になっている。その気がないとすらりと出て来るのだが、さて、短歌に作り換えようとすると難しい。

のだ。

　義雄は頭が痛くなってきたので、文を止めて絵の方に取り掛かることにした。

　大体、高学年にもなって、絵日記はないよな。絵日記などは、一、二年生が書くものだ。令嬢が夏休みの宿題に、絵日記を申し渡したとき、教室の中はひっくり返るような騒ぎになったが、正面から反対する生徒はいなかった。皆、令嬢の習性を恐れていたのだ。令嬢は生徒が言うことをきかないと、泣きながら教員室へ駈《か》け込む癖がある。すると、必ず体育の閻魔が飛んで来て、片端から生徒を張り倒す。それが、一度や二度ではないから、皆、絵日記の宿題に強《し》いて反対はしなかったのだ。

　慣れないうちは、誰もが令嬢の扱いに戸惑ったものだった。令嬢が義雄達のクラスの担任になって、最初に義雄の名を呼んだときがそうだった。

「樟木《くすき》義雄君――いい名ね」

　だが、義雄はその名の由来があまり好きではなかったので黙っていた。すると、隣りの席にいた浜生《はまお》が口を挟んだ。

「先生、それ、小平義雄の義雄なんです」

　令嬢は急にはその意味が判らないようで、一、二度口の中で反芻《はんすう》し、そして、真っ赤になり、すぐ蒼白《そうはく》になった。

「何というおぞましいことを口にするんです。冗談にもほどがあります」

　義雄もまだ令嬢をよく知らなかった。義雄はつい本当のことを言った。

「先生、浜生の言うことは正しいんです」

「小平義雄の、義雄が？」

「はい」

何人かの生徒もそうだそうだと言った。

令嬢はそれを聞くと声を震わせ、このクラスは下品な嘘吐《うそつ》きばかりだと叫び、義雄を校長室に連れて行った。義雄は校長の前で、あまり愉快でない弁明をしなければならなくなった。

「小平義雄というのを知っているかね？」

「はい。敗戦直後にいた、色魔《しきま》です」

傍に立っていた令嬢は、それを聞いて貧血を起こして椅子《いす》に腰を落としてしまった。

「父は樟木正行《まさゆき》と言います」

と、義雄は説明した。

「ですから樟木正行は、くすのきまさつらとも読めます」

「……うん、南北朝時代の立派な武将じゃないか」

「ところが、父はサラリーマン生活もできなかった駄目な人間だと自分で言います」

「………」

「母の名は静《しずか》といいます」

静御前は連想しません」

「はい。祖父はそのつもりで名を選んだのでしょうが、母を見ていると、お世辞にも

「……………」

「父は二人共、名前負けしているのだと言います。それで、自分の子にはそんなことにならないよう、僕の名を付けるとき名前勝ちのできる相手を選んだのです」

令嬢はその間中、下を向いたままだった。

そのうち、令嬢について色色なことが判ってきた。まだ口をぱくぱくさせている黒《くろ》鯛《だい》の生き作りを見て卒倒したとか、令嬢のバッグの中にはいつも手を拭《ふ》く消毒薬が入っているとかで、それで、義雄達は相談し令嬢の美しい表情を曇らせないように、ひたすら、純情、清潔な態度を守ることを申し合わせたのだった。

「絵日記は必ず毎日書きましょう。日記に嘘はいけません。見たままを正直に記すことが大切です」

と、令嬢は言った。

浜生は絵は好きだったが、怪獣や漫画しか描かなかったから、嫌な顔をした。義雄の場合、毎日を絵日記で縛られたくなかったので、八月も終わりになってから、もっと困った。

大体、一月《ひとつき》も絵日記にするような材料はそんなにはないのだ。己洪《きこう》漁港、北側の磯場、甲山岬の灯台、海水浴場、ウインドサーフィン、蛸屋《たこや》の蛸漁、あとは、義雄の家で経営している民宿「樟木荘」とその客ぐらい。その材料を繰り返し使うのに気が咎《とが》めて、今度は絵日記に静を登場させることにしたのだ。

静が危険な状態に陥ったのは昨夕からだった。夕食の片付けが終わって、静は正行の前に帳簿を拡げて見せていた。

「今年は、去年よりお客さんが落ち込んでしまったわ」

「……不景気だからな。仕方がない」

正行はドーナッツ型の髭《ひげ》の中で、口をもぞもぞさせて言った。

「不景気なんかじゃないのよ。建物が時代に合わなくなったのよ。隣りの部屋の音は聞こえるし、クーラーはうるさいし、風呂《ふろ》は狭いし、部屋に洗面所はないし」

「昔はそんな苦情を言ってくる客はいなかったぞ」

「今の若者はそれだけ贅沢《ぜいたく》になっているのよ」

「若者を甘やかしたのは俺のせいじゃない」

「この分じゃ、来年のことが心配だわ。海じゃ、ウインドサーフィンのお客がどんどん増えているのに、内だけ閑古鳥《かんこどり》が鳴くわ」

「ま、時勢だ。いつかはよくなる」

「ならないわよ。あんたの言うことが当たったことはこれまでに一度だってなかった」

「……じゃ、どうする」

「この際、建て換えるよりなさそうね」

「……借金はご免だ」

「建物を新しくすれば、借金なんてすぐ返せるわ」

「知らないのか。この土地に大手が目を付けて、ホテルを建てるという噂《うわさ》が流れているぞ。大手と競争するのは賢いとは思えない」

「ああだ、こうだ言って。あなたは結局、楽をしていたいんでしょう」

「そんなことはない」

「そんなことよ。通産省を辞めるときもそうだったでしょう。俺は自分の道を歩きたい、脱サラだ、何だと偉そうなことを言って、わたしの実家に転がり込んで来て、親を丸め込んでこの樟木荘を建ててもらって、自分は釣りと碁ばかりして、私をこき使って——」

さすが夫で、静の荒模様を察して、正行は朝から釣道具を持って家を出て行ってしまった。

それを見付けた静は、

「今の若者は魚料理をあまり喜ばないのよ。たまには牛肉を釣って来るんだよ」

と、正行の背に向かって怒鳴った。

令嬢は必ず実物を見て描きなさい、と言ったが、食事をしている姿を描かれたことが静に知れたら、とても只《ただ》では済みそうにない。モデルがなくとも、ただ丸丸としている女性を描けばいいのだから、楽なことは楽な仕事だ。

ただし、楽だとはいっても、十五日間の絵日記をぶっ続けに書いて、義雄は少少頭が痛くなってきた。手を休めて、前のページを繰《く》ってみる。改めて見返すと、粗製乱造だということが一目で判る。それは仕方がないとして、令嬢が見たら気を悪くするような点がいくつか見付かった。

一つはサーフィンボードに乗っている大旗重子《おおはたしげこ》で、ウエットスーツのハイレッグカットは見たままを描いたのだが、令嬢には刺戟《しげき》が強すぎると思い、色鉛筆で手加減を加える。重子は現在、樟木荘に投宿中のお客さまだった。しかも、令嬢の紹介だから、万事に気を遣わなければならない。

もう一つは文章に問題があった。

十日ほど前になるが、海水浴場の沖合で、蛸漁のために海底へ沈められていた蛸屋の蛸壺《たこつぼ》が、二、三十個そっくり盗まれるという事件があった。

その場所は蛸の道で、どういうわけか大昔から蛸屋と宮下《みやした》という二軒の漁師の持ち場になっていて、他の漁師が近付かないところだった。蛸屋の壺は釣り手のある重い素焼き、宮下の壺は卵型、口の窪《くぼ》みに縄を掛けるようになっている。その、蛸屋の方の壺が、いつの間にか蛸の道から消えていた。

絵日記にはこう書いてある。

「たまたまぼくと浜生がたこの道にもぐって遊んでいるところをみつかりました。それでぼくたちがうたがわれたのです。ときどき、たこつぼをいたずらすることがありますが、もちだしたことなんか一度もありません。子供のしわざでないことはすぐわかりそうなものです。ほんとうに、たこにゅうどうはばかです」

義雄はそれを読み返し、たこにゅうどうをたこやのおじさん、ばかをわからずやに書き変えた。

書いているときは、当時のことを思い出して、つい、頭にきてしまい、文が乱暴になったのだ。義雄はその後に「ぼくたちはけっぱくです」と書き加えた。

最後のは直すのがちょっと厄介になりそうだった。

絵は大きな黒い蛸が、真木越子《まきえつこ》に襲い掛かっているところだ。蛸の一本の足が伸びて、越子の足首に毒液を放っている。

これは見たままではない。話に聞いたことを想像で絵にしたのだった。最初から「見たままを書きなさい」という令嬢の趣旨に違反している。

だが、越子が海中で得体の知れないものに刺されたことは本当だった。それを、蛸だと言ったのは、遊泳監視所に詰めている黒壁《くろかべ》だった。

「毒を吸い出した方がいいと思います」

と、黒壁が言った。よく引き締まった越子の足首が赤く腫《は》れていた。

「毒を吸い出す、って？」

「わけはありません。僕が口で吸います」

越子はもじゃもじゃした黒壁の髭を見て、それには及びません、と言った。

「ヒョウモンダコかも知れませんよ」

「ヒョウモンダコ？」

「あ奴は小さいけれど、猛毒を持っています。一匹で七、八人の致死量があります。喉《のど》は乾きませんか？」

「……少し」

「吐き気は？」

「いいえ」

「視力は大丈夫ですか。あたりが暗く感じませんか」

それを耳にした浜生が、ヒョウモンダコなど聞いたこともない、と言った。

義雄と浜生は、越子と津沢登志子《つざわとしこ》が連れ立って遊泳監視所に入って行くのを見て、駈け付けたのだ。越子と登志子は重子の仲間で、三人共樟木荘の客だった。

「じゃ、名が違うんだろう」

「でも、ここにいるのはマダコだけだよ。毒のあるタコなんかいないよ」

「いや、万が一ということがある。この頃は漁船が遠くまで行くから、どんな遠くからでも、貝や蛸が船底にくっ付いて来てしまう」

「夏も終わりだから、きっと、クラゲだよ」

黒壁は浜生を睨《にら》んだ。

きっと、黒壁は越子の足首を吸いたくて、ヒョウモンダコを持ち出したのだ。

黒壁は救急箱から軟膏《なんこう》を取り出し、蓋《ふた》を開けようとしたが、その前に登志子に横取りされてしまった。登志子は丁寧に薬を越子の足に擦り込んでやった。

黒壁はばつの悪そうな顔でそれを見ていたが、言い訳みたいな調子で言った。

「全く、海の中というのは、何がいるやら判りません。僕はこの前、黒い大きな蛸に出会いました」

「どの辺?」

と義雄が訊《き》いた。

「岩場の近く。僕が素潜りをしていると、突然、岩陰から……」

浜生は薄笑いして、黒壁の話を聞き流している。黒壁の泳ぎを知っているからだ。

黒壁はひどく無器用に泳ぐ。監視員の癖に溺《おぼ》れかけたこともある。自分から素潜りする芸当などできそうにもない。潜ったとすると、波に巻き込まれ、あわてふためいて岩が大蛸に見えたのかも知れない。

「北米には全長が六メートル、五十キロものミズダコがいます」

「黒壁さん、見たの？」

と、浜生が訊いた。

「いや……標本としてモントレーの博物館にある」

「それを見て来たのね」

「いや、本で読んだ」

どうも、黒壁の話はだらしない。だが、黒壁はちょっと考えて、反撃にでた。

「一週間ほど前、蛸屋さんのところの蛸壺があらかたなくなってしまった」

「僕達じゃありませんよ」

と、浜生が言った。

「だとしたら、誰だと思うね」

「大きな声じゃ言えないけど、宮下さんだと思う」

「ほう……どうして？」

「壺がなくなれば、蛸屋さんは漁ができなくなるでしょう。宮下さんはこれからの蛸を独り占めできます」

「……どうも、子供の考えにしては現実的すぎるな。まるで夢がない」

「じゃ、黒壁さんはどう思うんですか」

「これは、復讐《ふくしゅう》だ」

「復讐？」

「うん。ここでは長い間、蛸が取られている。それを知った大蛸が怒り、はるばる南からやって来て、怨《うら》み重なる蛸壺を片端から食べてしまったんだ」

「じゃ、黒壁さんが見たのは、その大蛸なの？」

「そうだ。俺は食われなくて、よかった」

越子と登志子は顔を見合わせ、薬の礼も言わずに監視所を出て行ってしまった。

義雄はその部分を読み返して、この材料は適当じゃなかったかな、と思った。黒壁が言った、ヒョウモンダコやミズダコを写生すればいいのだが、そんなものを調べている閑《ひま》はない。

義雄が考えあぐねていると、静が台所へ茶碗を運ぶ音がして、

「義雄、父さんは帰って来たかい」

と、大声が聞こえた。

「まだです」

「そうかい。また、広田《ひろた》さんのところで、碁でも打っているんだろう。全く、蛸取り蛸屋、薬師さまはお見通し、さ」

　蛸屋では、毎年近くの蛸薬師へ参詣《さんけい》に行く。しかし、薬師は蛸屋が代代蛸を殺し続けて来ていることはすっかりお見通しで、年に一度ぐらいの参詣などでは欺されない、というこの土地の言い習わしだ。それを言い始めたのは、蛸屋と宮下の長年の利権を妬《ねた》む者だったに違いない。

　静は義雄に言った。

「宿題は済んだんだろうね。そろそろ、風呂掃除の時間だよ」

　それが、午後二時ごろ。

　まだ、掃除の時間には早いと思ったが、何しろ静がうんとごはんを食べ終わったばかりだ。口答えはできないので、絵日記を閉じて立ち上がる。

　掃除は二十分足らずで済んだ。だから、浴室の惨劇は、二時半ごろ突発した、という計算になる。

　浴場は樟木荘の北側に、突き出たような恰好《かっこう》で建てられている。樟木荘は木造モルタルの二階建てだが、浴場とそれに続く物置は平屋だ。

　浴場の外に畳半分ほどの広さでコンクリートの露台があり、水道が付いている。浜から帰って来た客が、そこで手足の砂を落とし、そのまま浴場に入ることができる。露台から入ったところが脱衣場。床は花茣蓙《はなござ》、正面が樟木荘の狭いロビーに出るドア。西側の壁はスチール製の棚と姿見。義雄は五つばかりの脱衣籠《かご》をきちんと並べ直し、新しい浴衣《ゆかた》をその横に重ねた。樟木荘の定員は十五名だが、この二、三年、十五着の浴衣が必要になったことは一度もない。夏の終わりとはいいながら、この日の客はたった三名。これでは義雄の掃除代にも影響がでるかもしれない。

棚と反対側に、曇りガラスを嵌《は》めたアルミのドアがあって、その向こうがタイル張りの浴室だった。

浴室の広さは三畳ほど。二本のシャワーが設置されているが、浴槽は一般の家庭並みだから、足を折らなければ入ることができない。

義雄はざっと床と壁を洗い流し、浴槽のカランを開いた。大型湯沸かし器は隣りの物置に、ガスボンベと並んでいる。

浴槽を湯で磨き終わったころ、外の露台で人の気配がして、しばらくすると、大旗重子が脱衣場に入って来た。

「お帰りなさい」

義雄は頭を下げた。

重子は手に持っていた水中眼鏡を棚の上に載せ、ウエットスーツと同じ赤の水泳キヤップを脱いだ。もくもくとした感じで、量の多い髪の毛がキャップの中から溢《あふ》れてスーツの肩に落ちる。

「ああ、寒い。今日はとても水が冷たかったわ」

「それなら、今、ちょうど風呂の掃除が終わったところです」

「助かるわ」

「寒いのでしたら、熱いお湯を入れましょうか」

「有難う。よく働くわね」

義雄は浴槽のカランを捻《ひね》り、湯加減を見て脱衣場に戻った。

「皆さんは？」

「まだ、張り切っているみたい。わたし、今日は皆とは別に、磯の方に行っていたから」

「あそこは、春もいいところです」

義雄は一人前の番頭みたいな口のきき方をしたが、重子の方はそう思っていない。

義雄の前でウエットスーツのジッパーを引いた。絵日記に描いた、赤いハイレッグカットのスーツだった。重子の肌はサンオイルで狐色《きつねいろ》に光っている。

「ねえ、監視所にいる髭の男、何という名前？」

「ああ、黒壁さんね。黒壁竜介《りゅうすけ》といいます」

「ここの人なの」

「いいえ。どこの人か判りません。毎年、夏になると監視所に来て、海水浴場が閉まるといなくなります。黒壁さんが、どうかしましたか」

「どうもしないけれど、双眼鏡でわたし達の方ばかり見ているわ」

黒壁はそれが目的で監視員になっていると思われても仕方のない点がある。だが、義雄はそうは言わなかった。

「つまり……仕事熱心なんでしょう」

「そうは言えないわ。そうでないときは、居睡りばかりしているもの。あの人、二、三日前、越子の足を吸おうとしたことがあったんですってね」

「……はあ」

「嫌らしい蛸男だわ」

「蛸男……ですか」

「男は皆、蛸男。骨がないくせに、ぬらぬらまとわり付くから」

重子は着ているものをすっかり取り去ると姿見の前に立った。

「義雄君ぐらいの男の子が一番好きよ」

と、鏡の中の重子が言った。男性と認められたことに不満はないが、鏡を見ている態度は相変わらず男性を意識してはいない。水着の部分はくっきりと白く、サーフィンで鍛えられているせいか、胴や脚がきりっと締まっていて、素裸の方が肥満を感じさせない。

「義雄君も蛸男になっちゃだめよ」

「……僕はなりません。大人になっても清潔にします」

重子は満足そうに笑った。

とすると、男は皆蛸男で、女は皆、令嬢かと思う。

「今日、磯の方に行ったのは、本物の蛸がいるかどうか、調べたかったから」

「……黒壁さんが出会ったという、大蛸を？」

「ええ。嘘でしょうけれどね」

「大蛸がいましたか」

「いなかったけれど、別の蛸男がいたわ。凄《すご》くサーフィンが上手な蛸男で」

「蛸だらけですね」

「毒を持っているかもよ。じゃあね、小蛸ちゃん」

重子はそう言って浴室に入り、ドアを閉めた。

どうも女心というのには付いて行けない。男は皆、蛸男だと言うくせに、その蛸男がこの世にいなければ少しも面白くないという口ぶりなのだ。

ロビーに出ると、静がテレビのニュースショウを見ていた。

「誰か帰って来たのかね」

と、静が訊いた。

「大旗さんです」

「いいねえ、今の若い娘は。遊びで海に入る。わたしらは生活のために海に入っていたんだ」

義雄はそっと傍を通ろうとすると、

「ちょっとお待ち」

静はテレビを消した。

「父さん、このごろ、よく伊藤《いとう》さんのところへ出入りするようだね」

「……さあ」

義雄は言葉を濁した。何となく、静の言葉が険悪に思えたからだ。

「見ていると、碁のようじゃない。伊藤さんのところから帰って来ると、すぐ部屋に閉じ籠《こも》って、ごそごそやっている。この前も、部屋に古い煙草入れが転がっていたよ。あんなものは内にはなかった」

「……僕は知らないよ」

「伊藤さんの子供、何と言ったっけ」

「浜生です」

浜生は母親が浜で産気付いたので浜生と名付けられた。義雄などより単純明快な名だ。

「そう、浜生とは仲がいいんだろう。そっと訊き出しておくれ」

「何を？」

「父さんが、どんな物を買ったりしたか、って」

浜生の家は小さな古本屋だが、最近、店に古道具が並ぶようになった。正行はそれを見て趣味が生まれ、どうやら伊藤書店の鴨《かも》になりつつあるのは、義雄も薄薄は知っている。

「不景気だというのに、それでなくとも道楽が多すぎるんだよ。古いがらくたを買うほど呑気《のんき》な場合じゃないよ」

「伊藤書店へは内のお客さんもよく行くみたい」

義雄は話題を少しずつそらそうとした。

「へえ、若い子なのにね」

「真木さんは大学で文学をやったんだって」

「あの、一番美人な人だね」

「何でも、高い本が売れたって、浜生が言っていたよ」

「あの人達はいいの。皆、いいところのお嬢さんなんだから」

「そんなに、いいところ？」

「ああ。真木さんのお父さんは大学の有名な先生だし、津沢さんの家はスーパーをやっているし、大旗さんのところは厚生省の偉い人だしね。他が満員でなかったら、内へ来るような人達じゃないのさ」

越子などに較べれば、正行の買い物など高が知れた額に違いない。だが、それを静に言えないでいる正行が何か気の毒な気がした。

「蛸屋や宮下の倅《せがれ》は海に来ているかい」

「うん、毎日」

「あの倅もウインドサーフィンに夢中だ」

「内のお客さんと友達になったみたい」

静は眉《まゆ》をひそめた。

「友達だけならいいけどね。あのどら息子達、変な気でも起こさなきゃいいが。漁師の息子とは家柄が違いすぎるからね」

そのとき、浴室の方から、手荒にドアを閉めるような物音が聞こえた。すぐ、何か言い争うような声に続いて、ぎゃっというような悲鳴。

義雄はびっくりして飛び上がった。こんな恐ろしい声は一度も聞いたことがない。

「何だろう……」

静は腰を浮かせた。

「お前、見ておいで」

「……嫌だ。気味が悪い」

「男だろう」

「男だって、嫌だ」

「じゃ、一緒に行こう」

静は立って脱衣場のドアに耳を寄せた。ドアの向こうはしんとしている。すぐ、ドアを開けて脱衣場に入り、浴室のガラス戸の前に寄って声を掛ける。

「大旗さん、どうかなさったんですか？」

ドアのノブの上に「使用中」という赤い字が出ている。内側から錠が下ろされているのだ。

静はドアを叩《たた》いた。だが、何の応答もない。ノブを押すが、無論、開かない。耳を澄ますと、水が流れる音がする。カランから湯が出されているようだ。音はそれだけ。

「大旗さん、返事をして下さい」

そのとき、浜に出るドアのノブがかちりと動いた。義雄はどきっとした。

静が悲鳴をあげた。

「どうしたんだ？」

正行がポリバケツを下げていた。バケツの中には三、四匹の石鯛が泳いでいる。

「たった今、風呂場で凄い悲鳴が聞こえたのよ」

と、静が言った。

「誰が入っていた?」

「大旗さんですって」

正行はバケツを外に置き、重子の名を呼んでドアを叩き、耳を澄ます。

すると、浴室の中で、ちゃりんという音が聞こえた。金属がタイルに落ちたような音だった。

「大旗さん、ドアを開けますよ。いいですね」

こんなとき、映画ではドアに体当たりを食わせるものだ。義雄がそうするかなと思って見ていると、正行はポケットを探り、細い麻縄を取り出した。

「義雄、ベンジンとセロテープを持って来い」

義雄にはその意味がすぐ判った。この前テレビで見たばかりだった。義雄がその品を持って来ると、正行はナイフで縄を三十センチほどの長さにしていた。それを、ノブの近くに、テープを使って円形に貼《は》り、ベンジンを注ぎライターで火を付ける。

ガラスの上の丸い火の輪が収まるのを見て、正行は手袋を嵌めて拳《こぶし》を作り、輪の中央を強く叩いた。ガラスの小さな音とともに円形に割れ、テープにぶら下がるから、そこから手を差し伸べて内側の錠を外す。「使用中」の赤い文字が動いて見えなくなった。

正行はガラスの穴から手を出し、改めてノブを捻った。

「あっ……」

真っ先に飛び込んで来た光景は、浴槽の中に、頭をこちらに向けてあおのけになっている重子の身体だった。湯は赤く染まっていて、よく見ると、重子の乳の下あたりから、まだ血の泡が吹き出している。白いタイルの床の上には、血塗《ちまみ》れの水中ナイフ――。

「父さん、危ないわ」

と、静がかすれた声で言った。そうだ。重子を刺した者が、隅の方にひそんでいるかも知れないのだ。

正行はその意味が判ったようで、注意深くドアを押した。ドアは内側に大きく開き、浴室の中が一目で見渡せる。

「大丈夫だ。人なんか、いない」

重子は目を見開いたままだった。顔の周りには長い髪がまつわり、何とも物凄い表情になっている。

「父さん、ドアの裏は？」

と、静が言った。

正行はドアの後ろを透かすように見た。

「誰もいやしない」

「大旗さん、死んでいるのね」

「ああ」

「早く、警察に」

「……俺だって、急にゃ足が動かねえ」

カランからは勢いよく湯が出続け、浴槽から溢れた赤い湯が、排水口に吸い込まれている。

「湯を、止めないの？」

と、静が言った。

「ばか、こんなときに勿体《もったい》ながるな。どこにも手を付けない方がいい」

「……そりゃ、知っているけれど」

「それよりも、窓にも掛け金が掛かっているようだな」

浴槽の上に小窓が一つある。金網の入った半回転式の窓だが、窓はきっちりと閉められ、内側から掛け金が下ろされている。

「とすると、大旗さんを刺した奴《やつ》は、排水口から流れてしまった、というわけか」

受話器を置くと、正行は深刻な顔をして、

「すぐ、警察が来る」

と、当たり前のことを言った。

「血の臭いがするわ」

と、静は寒そうな顔をする。

浴室のドアは閉めてあるが、そう言われると、ロビーにまで生臭さが漂っているような気がする。

「他の二人は？」

と正行が義雄に訊いた。

「まだ、海にいるみたい」

「呼んで来た方がいいな」

静が口を添えた。

「殺された、なんて言わない方がいいよ」

「……じゃ、何て言おう」

「怪我……病気、まあ、よく判らない、ぐらい。あまり、余計なことを喋《しゃべ》るんじゃないよ」

「俺も、ちょっと——」

正行が外に出ようとするので、静が正行の襟首をつかんだ。

「私を一人にして、どこへ行くのよ」

「……よく考えると、義雄だけじゃ、皆が納得するまい」

「また、逃げる気ね」

「逃げるなどと、お前」

「いつもそうなんだから。何かあると、すぐいなくなって、嫌な役をわたしに押し付けるんだから。通産省を辞めたときもそうだったでしょう。でも、今日だけは逃げられないわよ。義雄、お前だけで真木さん達を呼んでおいで」

義雄は浜へ駈け出した。

広い砂浜はやや急な傾斜で海に落ち込んでいる。波打ち際に立つと、足がいきなり砂の中に落ち込む。波足が短いため、流行のサーフィンには向かないのだが、ここ三、四年、マストをつけたボードに乗るウインドサーフィンの客が目立つようになった。

正行の碁敵《ごがたき》、広田栄《さかえ》がこの土地の発展に力を入れていて、ゆくゆくは沖合に防波堤を作り、ヨットハーバーを建設する、松林を切り開いて海浜公園や水族館を造成するといったシーサイドレジャーランドの構想はあるのだが、肝心の産業道路の開通がはかどらず、一般の海水浴客が増える気配は当分なさそうだ。

義雄が浜に出ると、重子の言ったとおり、どんよりと空が曇り、水が冷たい色をしている。浜辺に人影はほとんどなく、沖合には、それでも五、六艘《そう》のボートが三角のセールを張っているのが見える。

丸太で作った葦簀《よしず》張りの遊泳監視所を覗《のぞ》くと、黒壁が独りで居睡りをしていた。黒壁は揺り起こされて、

「や、よく寝た」

と、言った。この男はどんなにばつの悪いことがあっても、引け目を感じることがないのが取柄だった。

「緊急事態が発生しました。すぐ、内のお客さんを呼んでください」

「よし、判った」

黒壁は女性達を呼び寄せる役が気に入ったのか、どんな事態なのかも確かめようとせず、メガホンを鷲《わし》づかみにすると浜に立った。

大きな身体で、毛むくじゃらなくせに、よく通る甲高い声を出す。

沖合にいるボートは、すぐ黒壁の声を聞き取った様子で、するすると一カ所に集まった。そこには宮下の伜が持っているモーターボートがあるようだ。三枚のセールが次次とボートに引き上げられて見えなくなると、ボートはエンジンの音を立てて浜に向かい始める。

ボートには五人が乗っていた。近付くに従って、男女の別が判ってくる。明るいオレンジ色と赤のウエットスーツが真木越子と津沢登志子。ボートを運転しているのが、宮下歌雄《うたお》。ボートの後ろには蛸屋京一《きょういち》と、宍戸友治《ししどゆうじ》が並んでいる。

ボートは浜について、五人が降りて来た。

「何か、あったのかい」

と、蛸屋が近付いて来た。

背は高く、手足がにょろりと長く、蛸に似た感じの男だった。宮下の方は骨太の身体だが、頭が丸くて大きく、口が尖《とが》っていて、この顔もすぐ蛸を連想させる。義雄はいつもこの二人を見ると、代代蛸を取り続けてきた報《むく》いかと思う。

黒壁は声を掛けた蛸屋に無愛想な顔を向けた。

「君達には用はない。越子さん達にだ」

「僕達は仲間だ。大事なことなら聞きたいものだ」

黒壁は返事もしなかった。ウインドサーフィンやモーターボートで越子達に近付いていった蛸屋達が気に入らないのだ。

「大旗さんが、ちょっと」

と、義雄が言った。

「重子、どうかしたの？」

と、越子が不安そうに訊いた。黒壁は越子の顔を見ると、髭をゆるませた。義雄はあいまいな言い方をした。

「ちょっと、工合が悪くなったそうです」

「今、どこにいるの？」

「内の樟木荘にいます」

義雄はまだ目の前にちらついている重子の屍体《したい》を忘れようと、越子と登志子を見較べた。重子とは反対で、越子は令嬢に似た知性的な美人、登志子の方はその中間で、誰でも気楽に声を掛けやすい快活な女性だ。

「重子は宮下さんと一緒じゃなかったの？」

越子は宮下の方を振り返った。

「そうだったんですが、つい、途中ではぐれてしまって」

「それで、そのままボートに戻っていたのね」

「……彼女は、ベテランですから」

と、宮下は言い訳をした。

男達はそれぞれ、紺や黒のウエットスーツを着ている。最後にボートから降りて来た宍戸は、この浜にサーフボードを持ち込んだ最初の男だった。蛸屋や宮下の先輩格だが、黒壁を一廻り小さくした感じで、あまり風采《ふうさい》は上がらない。

「水の事故ではないのだね」

と、宍戸が義雄に訊いた。

「ええ。でも、精《くわ》しいことは判りません。僕はただ、お客さん達を呼んで来るように言われただけです」

そのとき、遠くからサイレンの音が聞こえてきた。

「救急車だわ」

と、越子が言った。

「パトカーも一緒だ」

と、蛸屋が言った。

「じゃ、僕達が一緒に行ってあげよう」

「いや――」

と、黒壁が太い右手を挙げた。

「義雄君が呼びに来たのは、越子さんと登志子さんだけだ」

蛸屋はまじまじと黒壁の顔を見た。

「君は何かにつけて、俺達に難癖を付ける男だね」

「……そういうわけではない」

「この前もそうだった。内の蛸壺がすっかり盗まれたときも、横合いから口を挟んだじゃないか」

「あれは、君が子供のいたずらだと言うから、子供がそんな手の込んだことをするはずはない、と言っただけだ」

「まだある。君は俺達のセーリングに一一口《いちいち》を挟む」

「……それは、海水浴客の安全を思うからだ」

「結局、閑なんだろう。だったら、少しは泳ぎの稽古《けいこ》でもしたらどうだい。君の泳ぎ方を見ていると、とても人を救えそうにもないね」

「無礼な。これでも、御船手《おふなて》流の免許皆伝なのだ」

「御船手流……何だね、それは」

「由緒正しい武芸だ。音も立てずに敵の船に近寄り、乗り込むや瞬間に相手を斬って倒すのだ」

「……化石みたいな人だね、この人は。今はスキューバダイビングの時代だよ。若いのに気の毒な頭をしている」

「気の毒なのはお前の方だ。金と道具を使わなければ、海で遊ぶこともできまい」

「その代わり、それを取り戻すこともできるのさ」

　と、蛸屋は嘯《うそぶ》いた。

「この秋にはハワイのフキパビーチでワールドカップがあるのさ、大会のグランドチャンピオンになれば、何年だって遊んで食っていける」

「……大会に、出場するのか」

「そのために、毎日張り切っているわけさ。俺達、これで外国にいるときの方が多いんだ。ハワイの大会には越子さん達も一緒なのさ。君もどうぞと言いたいが、御船手流じゃどうもね」

「……おのれ。御船手流を侮辱したな」

「したら、どうする」

黒壁は胸を張り、ゴリラみたいにドラミングして、うおうと言った。

蛸屋は鼻先で笑い、

「悪いけど、俺は喧嘩《けんか》も道具を使わないとできないんでね」

そして、越子の方を向き、

「さあ、行きましょう。ここでぐずぐずしている場合じゃない」

と、皆をうながした。

宮下だけが港に皆のボードを持って行くと言い、ボートに戻った。

義雄は樟木荘でどんなことが待ち受けているのか知ったら、蛸屋達は一緒に行く気にはならなかっただろう、と思った。

「君の名前は何と言ったかね」

「義雄です」

「義雄君か。いい名だ」

「よくはありません。小平義雄の義雄ですから」

刑事はちょっと変な顔をし、それから大きな口を開けて笑った。

正行と同じ年ごろ。髪の毛が多くて、定規で引いたような角額《かくびたい》になっている。義雄はその形が気になって、刑事の額ばかり見ている。

「君は面白いことを言うね」

「面白いのは父さんです。僕の知らないうち、そんな名を付けたんですから」

「なるほど。君のお父さんは確かに面白い方だ。私がご迷惑でしょうと言うと、お父さんはこういう実物を見たことがなかったので、一度ぐらいならいいと言っていた」

義雄は正行も蛸男の仲間か、と思った。

「そんなくらいだから、落ち着いていて、現場を荒らすようなこともなく、記憶もしっかりしているから、捜査を進めやすい。お父さんに聞くと、君もなかなか強そうだ。恐くはなかったかい」

義雄は思い出すのも嫌だったが、正行の顔を立てるために、はいと言った。

「そりゃあ、立派だ。男だものな。刑事になれる」

ているのだろう。角額の刑事はまた笑った。面白くもないのに笑うのは、義雄と打ち解けようと思っ

階下からは報道関係者のざわめきが引っ切りなしに聞こえてくる。一時はもっと大変だった。

越子と登志子が事実を知って半狂乱になったからだ。

「ちょっとだけ、君の話も聞いておきたいんだ。最初に、浴室の悲鳴を聞いたのは、君とお母さんだったね」

義雄はちょっと考えてから答えた。

「浴室の中からだったかどうかは判りません。僕達、ロビーにいましたから」

「ほう……こりゃ驚いた。君はお母さんよりしっかりしている」

「父が刑事物が好きで、よくテレビドラマを見るんです」

「なるほど。じゃ、その声が誰だか判ったかね」

「いえ……悲鳴でしたから」

「男か、女かは？」

「……判りません」

「じゃ、人間か、動物かは？」

なるほど、そういう考え方もあったのかと義雄は感心したが、よく考えるとそれに

も答えられなかった。

「それは、何時頃だったと思う？」

「二時半頃でした」

「時計を見たのかね」

「いえ、テレビで二時のニュースショウをやっていました。御堂一弥《みどうかずや》と貝塚柚木子《かいづかゆきこ》の離婚問題が終わったところでしたから、大体二時半頃だったと思います」

角額は急いで手帳に何か書き付けた。

「君はしっかりしている。お母さんはテレビに誰が出ていたか、もう忘れていたよ」

「そうですか」

「学校は玉島小学校だね」

「はい」

「担任の先生は？」

「令――広田郁子《いくこ》先生です」

「ああ、あの先生は教育熱心な方だ。で、君は浴室の方から悲鳴を聞いて、お母さんと二人ですぐ見に行ったんだね」

「はい」

「ここが大切なところなんだが、浴室はどうなっていたね」

「ドアが閉まり、内側から錠が掛けられていました」

「それに、間違いはないね」

「ええ、内側から錠を掛けると、使用中の赤い字が出るんです。それが見えました」

「実際に、ノブを廻してみたかね」

「母さんが、大旗さんの名を呼びながら、そうしました」

「浴室の中から、返事はあった？」

「いいえ」

「中に、人のいる気配は？」

「それは判りませんが、カランから湯の出る音がしていました。それから、ちゃりんという、固い物がタイルの上に落ちるような音が聞こえました」

「……床の上にあったのは、桶《おけ》と石鹸《せっけん》入れ、シャンプーの瓶、それから、水中ナイフだが」

「ナイフの音だと思います」

「君が掃除したとき、そのナイフはなかったんだね」

「はい」

「ドアを開けたのは？」

義雄は、そのとき正行が戻って来たので、事情を説明すると、すぐ、正行は縄とべンジンを使ってガラス戸を割り、内側に手を差し込んで錠を開けたのだと言った。

「そりゃ、専門の泥棒が使う手だ」

「この前、テレビドラマでそれを見たばかりです」

「……全く、この頃はテレビで色色なことを教えるね。この前なんかは密輸の手口を精しくやっていた」

「ドア全部を毀《こわ》すより、ガラスを一枚だけ割る方が得です」

「そりゃそうだ。さすがお父さんだ。それで、ドアを開けたとき、浴室の中には、被害者だけしかいなかったそうだね」

「はい」

「君達がびっくりしている隙に、誰かが君たちの間を擦り抜けて逃げて行った、というようなことは？」

「いいえ。母さんが中を見て、大旗さんを刺した者がまだいるんじゃないかと思い、父さんにそう注意しました。それで、すぐ浴室の隅隅を見たわけです」

「だが、誰もいなかったんだね」

「はい」

「窓は？」

「あのままです」

「誰も手を付けなかったんだね」

「はい」

「……とすると、犯人はどこから逃げて行ったと思う？」

「普通に、ドアから出て行ったんじゃないですか」

「だが、ドアにはちゃんと内側から錠が掛かっていたんじゃないか」

「ですから、外側から錠が掛けられるような、何か特別の道具を使って」

「なるほど、あのドアをよく見ると、下側にわずかな隙間《すきま》がある。そこから出入りできるような道具というわけか」

角額は首を傾《かし》げた。

「しかし、それだと、君達が聞いた物音は？　もし、それがナイフだとすると、犯人はまだ、そこにいたことになる」

浴室のドア一枚向こうに、まだ犯人がいたと考えると、義雄は急に寒気がした。

「いや、話を変えよう」

角額は義雄が表情を変えたのが判ったらしい。

「大旗さん達、三人のグループは、いつからここに泊まっているのかね」

「一週間ほど前からです」

「お馴染《なじ》みのお客さんかい」

「いえ、今度、初めてのお客さんです。広田先生の紹介でした」

「広田先生の紹介なら安心だ」

「ええ。皆、いいとこの令嬢――いや、お嬢さまだそうです」

「他のお客さんは？」

「……ええと、大旗さん達が来て最初の二日、谷尾《たにお》さんという大阪の四人家族と一緒でした」

「その、谷尾さんとは親しくしていたようだったかね」

「いえ。谷尾さんのご主人はよく喋る人なんですが、奥さんが恐い人で、ご主人が女の人に声を掛けると、後になって怒るんだそうです」

「すると、谷尾さんの家族が帰ってから樟木荘の宿泊者は？」

「大旗さん達、三人だけでした」

「大旗さん達を誰かが尋ねて来なかったかね」

「ええ。一人も」

「すると、いつも三人だけだったんだ」

「そうでもないんです。海ではウインドサーフィンのお友達ができました」

「ほう……それは、誰だか知っているかね」

「ええ。蛸屋の息子さんと、宮下の息子さん……」

「蛸屋京一に、宮下歌雄だ」

「それと、宍戸友治さん」

「それだけ？」

「黒壁さんとも顔見知りになっていたようです」

「黒壁というと？」

「監視小舎《ごや》にいる人です」

「ああ、あの、監視員か」

角額は全員の名前を手帳に書き込み、改めて手帳に目を落としてから言った。

「宮下歌雄は漁に出ていたんじゃなかったのかな」

「第七みしま丸は、この間、帰って来たばかりです」

「そうか……帰って来ていたのか」

宮下は気が向くと、というより金が欲しくなるとまぐろ漁船に乗って遠洋漁業に出掛ける。今度も宮下は完東《かんとう》漁業所属の第七みしま丸の漁業士として、二月《ふたつき》ほど留守にしていた。さっきの蛸屋の話からすると、ハワイのワールドカップの旅費を作り出すためだったのだろう。蛸漁を手伝ってもらう小遣いではとても足りないのだ。友達の蛸屋の方は、最近、親が山を売ったとかで、金廻りがいいのだ。

「大旗さんはこの男のうち、誰と親しかったか判るかね」

と、角額が訊いた。

「大旗さんの方はそれほどじゃなかったようですが、宮下さんがよく大旗さんに声を掛けていました」

「二人は……その……」

角額は義雄の顔を見ながら、しきりに言葉を探し廻っているようだった。義雄は助け船を出すことにした。

「まだ、にゃんにゃんまでいっていません」

「えへん……なるほど。で、蛸屋京一の方は？」

「蛸屋さんは真木越子さんが気に入っているみたいです。でも、越子さんのことは、黒壁さんも好きなんです」

「……なるほど。それで、真木さんはどちらの方に好意を持っているね」

「どっちも駄目でしょう」

「というと、他に好きな人がいるのかい」

「真木さんは若い人より、中年好みだと思います。内の父さんとよく話が合いますから」

「ははあ……すると、もう一人、宍戸友治は津沢さんか」

「……それは何とも言えません。宍戸さんは気取り屋ですし、津沢さんはエイトマンですから」

「エイトマン？」

「八方美人のこと」

「……いや、今日は色色なことを覚えたよ。じゃ、最後にもう一つだけ教えてくれ。大旗さんが今日海から帰って来たとき、君は風呂場を掃除していたそうだね」

「ええ」

「そのとき、大旗さんはどんな様子だった。何かに追われていたようだったかい」

「……いいえ」

「じゃ、怯《おび》えているふうだったとか」

「……普通でした。でも、とても寒がっていました」

「うん……今日は少し寒い」

「それで、大旗さんはシャワーより湯に入りたいと言うので、浴槽に湯を入れたんです」

「……君が入れたのか」

「はい」

「湯は熱くしたかね、それとも？」

「身体が冷えているときですから、あまり熱くはしません」

「でも、水みたいじゃなかったんだろう」

「勿論です」

「……しかし、ここに着いて、すぐ、調べたんだが、浴槽の湯は水みたいだった」

　すると、重子が湯をうめたのだろうか。

　刑事が付け加えた。

「カランから出ていたのは、水だったよ」

　浴場に入って来たとき、しきりに寒がっていた重子が、浴槽の中が水になるほどうめたとは思えない。

　浴槽の重子を刺した人間が、何かの理由で、湯を止め水のカランを開いたのだ。

　こうなっては宿題どころではない。

　樟木荘の囲りはロープが張られ、ロープを挟んで大勢の警察官や報道関係者が右往左往しているから、外へ出ることもできない。

　何も知らずに樟木荘に越子と登志子を送って来た、蛸屋と宍戸はそのまま刑事から事情を訊かれるはめになった。

　越子と登志子は二階の一番広い「蘭《らん》の間」で、まだ聴取を受けている。二階にはあと二間「菊の間」と「松の間」がある。正行は三人の泊まり客にどの部屋も空いているので、自由に使いなさいと言ったのだが、別別にはなりたくないようで、結局、三人は蘭の間だけを使うことになったのだ。

階下にも一つだけ客室「竹の間」がある。あとは、食堂、ロビー、家族の居間、浴場、調理場というのが、樟木荘のざっとした間取りだ。

義雄が聴取を終えて、階下に降りて見ると、ロビーの隅で、蛸屋と宍戸がウエットスーツのまま元気のない顔をして椅子に腰を下ろしていた。竹の間では正行と静が、まだ刑事から何かを訊かれているようだ。

重子の屍体は車で運び出された後だったが、浴場ではまだ捜査員が働いている姿が見える。

義雄は冷蔵庫から缶ジュースを取り出し、蛸屋と宍戸に渡した。

「さっきは、何も言うなと言われていたので、済みませんでした」

蛸屋はひょろりとした指でジュースの缶を開け、

「そりゃ、仕方がない。しかし、重子さんがこんなになるとはまだ信じられない。それに、犯人が逃げてしまったんだから、なお気味が悪い。君、本当に犯人の姿を見なかったのかね」

「ええ。僕達、すぐ近くにいたんですが、後ろ姿も見ませんでした」

「犯人は浴室から、直接、浜の方に逃げたのだろう」

「そう思います。ロビーには僕と母さんがいましたから、僕達に気付かれずそこを通って玄関から出ることはできません」

「遊泳監視所からここは見通しだ。もしかして、黒壁の目に止まったかも知れない」

「黒壁さんは見ていなかったと思います。僕が監視所に行ったとき、黒壁さんは居睡りをしていました」

「……全く、あ奴はどこまで役立たずなんだろう」

宍戸は傍に近寄れないほど、深刻な表情をしていた。

「宮下が知ったら、ショックだろうな」

蛸屋がうなずいた。

「そりゃ、そうさ。とにかく、重子さんにすっかり夢中だったからな」

「それで、どうなんだ。重子さんの方は。打ち解ける気配はあったのか」

「まるで、ない。大体が、あ奴は蛸面《づら》だからな」

蛸屋は自分のことを棚に上げてそう言った。

「しかし……宮下が毛嫌いされていたようにも見えない」

「そうなんだ。その点が今迄《いままで》とはちょっと違う。それで、宮下は変に自信を持っていたんだ。ここでだめなら、ハワイでなびかせてみせると言っていた」

「宮下が賞にでも入れば別だが」

「入賞しそうか」

「……難しいだろうな。技の方はまあまあだが、容姿に問題がある。宮下はずん胴で、短足だ」

宍戸も自分のことは一切考えに入れていないようだ。

「それにしても、もう来そうなものだ」

「宮下さんはどこへ行ったんですか」

と、義雄が訊いた。

「港に行って、皆のボードを車に乗せ換えて、ここまで運んで来ることになっている」

と、宍戸が言った。蛸屋は傍でいらいらするように、

「宮下のことより、俺は越子さんの方が心配だ。僕が傍にいてやらないと、不安でならないだろう」

宍戸も言った。

「俺は登志子さんが心配だ。それにしても、警察の訊問《じんもん》は長すぎやしないか」

「そうだ、長すぎる。越子さん達にかまっていないで、早く犯人を逮捕したらどうなんだ。単純な事件じゃないか」

「宍戸さんはどう思う？」

「犯人は痴漢としか考えられないんじゃないかな」

「……まあ、そうだ」

「重子さんはこの海で、一番官能的な身体をしていたから付け狙《ねら》われたんだ。犯人は重子さんがここの浴室に入るところを見て、むらむらとして覗こうとしたんだ。それを、見咎められて、夢中で重子さんを刺してしまう」

　宍戸は義雄に言った。

「この近所に、痴漢と言われているような男はいないかね」

　義雄は多少おかしいのはいるが、清《きよし》さんは自分の部屋に籠って女装をするのが趣味、玄《げん》さんは春本《しゅんぽん》を集めることだけだから、女性を追い掛けるような勇敢な痴漢ではない、と教えてやった。

「すると、監視所の黒壁が怪しいな」

　と、宍戸が言った。

「そうだ、あ奴はよく若い女性の水着姿を双眼鏡で覗いている」

　と、蛸屋も同意見だった。

「大体、黒壁は殺人現場から近いところにいる。重子さんを刺して、すぐ監視所に戻り、居睡りしている振りをしていたに違いない」

　宍戸と蛸屋は、重子が不可解な情況の中で殺されていたのをまだ知らないようだ。

そのとき、外の方がちょっと騒がしくなった。見ると、警備の巡査がロープを少しだけ開け、そこから人を掻《か》き分けてやって来た二人を中に入れてやっている。

一人は宮下歌雄で、もう一人は令嬢だった。

宮下は口を丸く尖らせ、きょとんとした顔でロビーに上がって来た。すぐ待機していた刑事が奥へ連れて行く。蛸屋と宍戸が言葉を掛ける閑もない。

令嬢は義雄を見ると、傍に駆け寄って、両手を義雄の頰《ほお》に当てて顔を近付けた。

「大変なことが起こったんですってね」

「はい」

「義雄君、大丈夫だった？」

「はい」

「そう、偉かったわね。越子達は？」

「今、二階です」

令嬢はそのまま二階へ登ろうとした。ロビーにいた刑事が慌てて呼び止める。

「あ、あなたは？」

「あの人達の友達です」

「しかし、今、ちょっと……」

「何言っているの。わたし、広田栄の家内なんですよ」

「はっ……」

刑事は何も言えなくなった。

令嬢は振り向きもせず、階段を登って行った。

宍戸はびっくりしたように言った。

「何者ですか、彼女は？」

「広田郁子さん。小学校の先生だ」

と、蛸屋が教えた。

「広田栄というのは？」

「ここの町長。最近、引退した郁子さんの親父さんの地盤をもらい、選挙で完勝したんだ。それには、あの郁子さんの凄腕がものを言った。ああいう優しい顔をしているが、相当な曲者《くせもの》で、その選挙から毒鮎《どくあゆ》のお郁《いく》という名が付けられている」

義雄は毒鮎のお郁という名を最近一度ならず聞いたが、それが令嬢のこととは知らなかった。

しばらくすると、令嬢が二階から降りて来た。続いて越子と登志子、最後に二人を事情聴取していた二人の刑事が降りて来て、玄関から出て行く三人を見送っている。

令嬢は外に停《と》めてあった車に越子と登志子を乗せ、自分は運転席に着いて、車を発車させた。報道陣を蹴散《けち》らすほどの勢いだった。

「凄いね。さすが毒舌のお郁だ」

蛸屋と宍戸は鳶《とんび》に油揚げをさらわれたような顔をした。

「選挙前はあんなじゃなかった」

と、蛸屋がしみじみと言った。

「猫が変な声を出しても、顔を真っ赤にするような令嬢だったのに……」

「女は恐いね」

「相手の男しだいでどんなにでも変わるよ。それも、相当な早さでね」

義雄はそれを聞いて、そんなら今日のことをありのままに重子の体毛まで描いても大丈夫だな、と思った。

しばらくすると、ぐったりとした顔をして、宮下が奥の部屋から出て来た。

「どうも……大変なことになった」

後は言葉も出ない。義雄は宮下にも缶ジュースを持って来てやった。宮下は喉だけ湿すように一口だけ飲んで唇を動かし、義雄の方を見た。

「君が見付けたの？」

「ええ……僕と、父さんと母さんです」

「物音が聞こえたわけ？」

「ええ。物音と、悲鳴でした」

「君達が行ったとき、浴室には重子さんの他、誰もいなかったそうだね」

義雄は錠の下りたドアの向こうに、誰かがいる気配はしたが、ドアを開けたときは誰もいなかった、と言った。

「それじゃ、まるでミステリーじゃないか」

と、蛸屋と宍戸はびっくりしたように言った。

「ドアはどうやって開けたんだね」

と、宮下が不思議そうに訊いた。

「父さんがガラスを割ったんです」

「ガラス戸を、ね」

宮下はそっと浴場の方を振り返った。そこではまだ捜査員が仕事を続けている。

「犯人は浴室に入るときも、錠の下りたドアを影みたいに通り抜けたのかな」

と、蛸屋が首を傾げた。

その点、重子はおおらかな性格だった。浴室に錠を下ろさないで入浴しているのを知っていたが、義雄は何も言わないことにした。

夕方のテレビはこの事件で持ち切りだった。

ローカルニュースでは令嬢が毅然とした態度で越子と登志子を従え、自分の車に乗るところも映し出され、堂堂とインタビューにも応じていた。

令嬢は派手すぎるノースリーブで、まだ演説口調が抜け切らない声で、わたしの友達がこういう死に方をしたのは誠に遺憾に堪えない。民主主義の敵である犯人を一日も早く逮捕し、町民皆さんの安全なる生活を保障するよう、主人ともども公約する、と言明した。

報道によると、重子の解剖の結果は、心臓を刺されての即死。無論、凶器を自分の手で引き抜くことは不可能で、自殺は考えられない。また、浴室のドアの錠を、外から操作することもできないし、その形跡もなかった。

「とすると、重子さんを殺した犯人は、蛸だ」

と、黒壁が断定した。

「蛸……」

「そうさ、蛸以外は考えられないぞ。義雄君、蛸の習性を知っているか」

「蛸は女の人が入っている浴室に侵《しの》び込んで、相手を刺し殺す癖があるの?」

「そうじゃない。蛸が持っている身体の特徴だよ」

翌日の遊泳監視所。

昨日から続いた冷《すず》しさで、午前中の海水浴客はほとんどいない。空はどんよりと曇り、ウインドサーフィンの連中も、誰一人海に来ていない。

いつもと違うのは、事件を知った近くの人達が、朝早くからやって来て、樟木荘を遠巻きにして見物している。見られているなと感じるといい気分ではないし、同じ屋根の下でつい昨日惨劇が起こったと思うとなお気持ちが悪い。義雄は早早と監視小舎に来たのだが、今度はここで、黒壁の質問攻めに合うことになった。

黒壁は根掘り葉掘り事件のいきさつを訊き出すと、その犯人は蛸だ、と言い切ったのだ。

「そういえば、昨日、重子さんが海から帰って来たとき、蛸男に会った、と言っていたよ」

「それだ、重子さんはその蛸男にやられたんだ」

確か、重子は黒壁も嫌らしい蛸男だ、と言っていたような気がした。

「蛸は軟体動物、判るね」

「知っているよ。学校で習った」

「それなら、話が早い。蛸は軟体動物だから、隙間さえあれば、どんな細いところでも潜《くぐ》り抜けて、向こう側へ行ってしまうことができるんだ」

「……そういえば」

令嬢が驚異的な実験を見せてくれたことがあった。ガラスの水槽には海水が張られ中央はガラスの板で仕切られている。そのガラスには十円玉ぐらいの小さな穴があった。令嬢はその片方に生きている蛸を入れ、反対側には蛸の好物の餌《えさ》を入れた。すると、蛸はその餌を取ろうとして、少しずつガラスの穴に身体を押し込んでいき、とうとう反対側に通り抜けてしまった。まるで、奇術でも見ているようだった。

「浴室のドアには、多少の隙間があるだろう」

「うん。五ミリくらいかな」

「それだけあれば、ドアに錠が掛かっていても、蛸なら自由に出入りすることができる。勿論、排水口からだって、蛸がその気になれば通り抜け自在だろうね」

「……その蛸は、黒壁さんがいつか岩場の近くで出会ったという大蛸？」

「そうだろうな。人間を襲うほどだから、そ奴に違いないと思う」

「じゃ、越子さんの足を刺したのも？」

「そうだ。そんなのが何匹もいるわけがない」

「でも、それがどうして人間を狙うようになったんだろう」

「いつか、言わなかったかな。これは、復讐だ」

「人間が長い間、蛸を取り続けてきたから、というんでしょう」

「蛸の神様、蛸薬師の祟《たた》りだと考えることもできる」

黒壁はどこからか「蛸取り蛸屋、薬師さまはお見通し」という言葉を聞きかじったようだ。だが、義雄はその説明を素直には受け取れない。

「でも、変だよ、黒壁さん。蛸の祟りなら、蛸を取っている蛸屋や宮下を狙うのが理屈でしょう。どうして、関係のない重子さんや越子さんがやられるのかな」

「そこが、不可解な蛸男だからだ。奴は変態なのだから仕方がない」

「それに、重子さんは毒じゃなくて、ナイフでやられたんですよ」

「血を好む魔物、妖異蛸男というわけだ」

義雄は話を聞いているうち、段段とその蛸男の姿が目に見えるようになった。

その形は黒壁の倍もある奴で、ぬらぬらした気味の悪い鉛灰色《えんかいしょく》。八本の足の内側は青い血の色、それがペースト状になって、ドアの隙間から浴室の中に流れ込み、みるみる元の蛸の姿に戻って、重子の裸身に絡み付いていく……。

その状景は恐ろしくもあるが、重く不思議な魅力がともなう。と同時に、その甘美な想像の中にあることが、なぜか、後ろめたいものを感じて、逃げ出さなければと思いながら、想像の海から浮き上がることができない。

今、一人の人間が、高い波の中に現われて、浜辺に立ち、こちらに近付いて来る。その片手には、重そうな丸く黒いものが下がっている。近付くと、それは義雄と同じぐらいの子供だった。子供の姿を借りた、それは海の神で、今、邪悪な蛸男を討ち取り、その首を持って来たのだ……。

「義《よし》」

と、海の神が声を掛けた。義雄は目をこすった。海の神は浜生だった。浜生は掌《てのひら》を義雄の目の前でひらひらさせた。

「どうしたんだ。寝てたのか」

「いや……」

「大変だったんだろうなあ。テレビで見たよ」

浜生は小舎の上に登って来て、手に持っていたものを床の上に置いた。

「これを、見付けた」

見ると、泥の中から引き上げたような壺だった。

「これは……蛸屋の蛸壺じゃないか」

「そうだ、蛸屋の壺だ」

浜生は得意そうに答えた。

「漁場から取って来たのか」

「そうじゃない。もっと、別の場所にあったんだ」

何日か前、蛸屋の漁場で、あらかたの蛸壺がなくなったとき、一時的だったが、子供のいたずらと疑われたことで、浜生はひどく自尊心を傷付けられたらしい。それで、浜生は自分でその事件を解明しようと思ったのだ。

蛸屋の蛸壺は釣り手の付いた半鐘《はんしょう》形で、漁場にあるときは一つずつが縄でつなげられているから、潮で流されるようなことはない。消えてしまった壺は誰の目にも止まっていないので、浜生はまだ海底のどこかにあると考えた。理由は判らないが、誰かが壺をそっくり別な場所に移し換えたに違いない。

そうして、毎日のように海の中を捜していたのだが、やっと今日、蛸屋の壺らしいものを見付けることができた。

場所は甲山岬の近くの岩場の沖合、土地の漁師が青山と呼んでいるところ。大昔は干潮になると、青山が海面から現われたそうだが、元禄《げんろく》の大地震以来、青山は水没したままになった。現在、青山は水深二、三メートル。魚が寄りそうな地形なのだが、どういうわけか魚が集まらない。まだ、青山が海上に出ていたころ、そこで、偉い坊さんが賊に斬り殺されたからだという伝説が伝わっている。

浜生はその青山のあたりで、蛸屋の壺を見付けたのだという。

「君、独りで青山まで行って来たのか」

と、黒壁が呆《あき》れたように言った。

「かなり遠いし、危険な場所があるそうじゃないか」

義雄もまだ青山には潜ったことがない。青山に行ったことが知れたら、叱《しか》られるに決まっている。

「でも、他はあらかた見て廻ったんだ。だから、もう青山しかないと思った」

と、浜生が言った。それだけ真剣だったのだ。

「もう、そんなところへ行っちゃいけない。後は本職の漁師さんにまかせろ。いいな」

黒壁はそう言ってから、改めて壺を手に取り上げた。

「しかし、なかなか面白い形をしているな。古いものだろうな」

「判んない」

「骨董《こっとう》的な価値があるかも知れない。好きな人が見たら欲しくなって、高い値で買っていきそうだ」

「だから、困るんだ」

と、浜生が不服そうに言った。

「そうか。伊藤書店には古道具も置いてあったな。なるほど、こんな壺を拾って、商売にしていると思われちゃ、腹が立つな」

「そうなんだ。それに、黒壁さん。壺はまだ青山にありそうだよ」

「……本当か」

黒壁の表情が変わった。

「この壺は確かに、蛸屋のだということが判るかね」

「……形は似ているけど、判んない」

「そうだろうな。大昔の人が使ったものだとしても、おかしくない」

「そうだとしたら？」

「俺も、一つぐらいこんな壺が欲しい」

黒壁は妙な欲を出した。

そこまで秋が来ている。午前中でも、ややうねりが高くなっていた。

黒壁は監視小舎からゴムボートを持ち出し、浜生を先に立たせて、岩場に出た。ゴムボートに空気を入れ、三人が乗り込む。義雄と浜生の装備は簡単だった。水中眼鏡とスノーケル、そして、足首に着けるフィンだけだ。

黒壁がオールを漕《こ》ぎ、間もなく青山のあたりに着く。岩場から一キロほどの沖合だった。思い出したように北西の風が強く吹く。雲は厚味を増して、遠くから雷鳴が聞こえていた。

黒壁はボートと一緒に持って来たロープを義雄と浜生の腰に結んだ。義雄はこれじゃ鵜《う》みたいで嫌だと言ったが、黒壁は主張を曲げなかった。

水は思ったほど冷たくはない。水中眼鏡を通して、ほの暗い海底が見える。黒い岩が重なりあい、かなり荒涼とした風景だ。ところどころに、岩肌にへばりつくような形でカジメが揺れ動いている。

しばらく、浜生の後を追っていると、海底に何かを見付けたらしい。浜生は義雄に合図すると、スノーケルを口から外して腰に差し、素潜りの姿勢になった。義雄もそれに続いて泳いで行くうち、浜生が目指しているものが見えた。やや平たい岩の上に、口を上にしてきちんと置かれている壺があった。蛸屋の壺と同じ形だ。

浜生は壺に手を掛け、二、三度揺すってみたが、中からは小魚も出て来なかった。そのまま、小脇《こわき》に抱えて海面に向かう。ゴムボートの底が近くに見える。黒壁が浜生が潜ったあたりまで漕ぎ寄せたのだ。

海面に顔を出すと、

「どうだった？」

と、黒壁が身体を乗り出した。

浜生が無言で壺を持ち上げて見せると、黒壁はそれを受け取って、内の海水を空けて、ボートの中に置いた。

「さっきの壺と同じだな。前のと同じ場所だったかい」

「近くでもないし、遠くでもない」

「まだ、ありそうか」

「見付かると思う」

「そうか……じゃ、一つ一つ引き上げるのは面倒だ。ロープで括《くく》り、芋蔓《いもづる》式に一ぺんに持ち上げよう」

黒壁は別のロープを海中に投げ込んだ。さっきまで、青山のあたりは危険だと言っていたのが嘘のよう。

二番目の壺を見付けるには、ちょっと時間がかかった。浜生は壺がばらばらに沈められていると思ったからだ。

二番目の壺を見付けたとき、浜生はあることに気付いた。壺は四方に散っているのではなく、五、六メートルの間隔である線上に並べられているらしいという。

「いよいよ怪しい」

と、黒壁は言った。

「一体、誰がそんな手間を掛けたのだ」

従って、三番目と四番目の壺は、前の壺の位置と考え合わせて、わけなく探し当てることができた。

義雄と浜生は、新しい発見に夢中になった。だから、つい、周囲の注意が疎《おろそ》かになっていたと言える。

義雄がそのものに気付いたのは、浜生が何壺目かの壺を見付けて、その釣り手にロープを結んでいるときだった。そのものは、岩陰から、突然、義雄の視界に現われ、するすると浜生の背後に近付いた。それは、黒く丸い頭で、大きな目が一つ付いていた。

「蛸男だ！」

義雄は心の中で叫んだ。

その瞬間、思考より身体の方が早く動いていた。蛸男が鋭く光るものを浜生に向けたからだった。義雄は咄嗟《とっさ》に浜生を突き飛ばし、壺をひったくった。光るものはその壺の中にもの凄い力で突き立てられた。

浜生はすぐ振り返り、一目で事情を察知したようだ。姿勢を立て直すと、矢庭に蛸男の背後から飛び掛かる。

一矢《いっし》を損じた蛸男は当然、壺に入った銛《もり》を引き抜き、今度は義雄に狙いを付けようとしたのだが、浜生はその手元に組み付いていった。

蛸男の頭から、おびただしい気泡が立ち登る。相手がスキューバを着けたダイバーだということが判ったとき、恐怖は怒りに変わった。

義雄は蛸男が浜生を振り切ろうとする隙を見て、蛸男の水中眼鏡をむしり取った、蛸男は闇雲《やみくも》に銛を振り立てた。視覚を奪われて焦っている証拠だった。

息が苦しくなったが、蛸男の焦りを見て、もう大丈夫だと思い、落ち着いて海面に出て呼吸を整え、再び潜っていく。蛸男は浜生を振り切り、海上に出ようとしているところだった。義雄はそのフィンに組み付いた。だが、義雄は激しく蹴り放され、手に蛸男のフィンが残った。そのとき、素足になった蛸男の足の指に、白い包帯が見えた。

海面に首を出すと、近くで浜生が息をしていた。

「奴は？」

「逃げてしまった」

と、義雄が言った。

「ボートが見えないんだ」

義雄は首を廻した。浜生の言う通り、海上にボートらしいものは見えない。

「潜って見よう」

「よし」

海に潜って海面を見上げると、少し離れたところに、一本の足がくにゃくにゃと水を蹴っている。近付くと、毛深い足だった。

海面に出て見ると、空気が抜けて、よれよれになったボートに、黒壁がしがみついている。

「急に、空気が抜けてきた」

黒壁は情け無いような声を出した。

「蛸男の仕業だ」

と、義雄は言った。

「蛸男……蛸男が出たのか」

「ええ。今、僕達も銛で突かれそうになったんだ」

「どんな蛸男だった」

「スキューバを着けたダイバーだった。顔は判らない」

「畜生——」

そのとき、波の間から、ちらりと白いものが見えた。百メートルほど先に、ボートが漂っているのだ。

「あの船から来たんだ」

と、浜生が言った。

黒壁が抱いているボートは、着実に凋《しぼ》んでいく。

「黒壁さん、大丈夫？」

「なんの……御船手流の免許皆伝だ」

黒壁はとうとうボートを手放した。ボートはくたくたになって沈んでいった。

「おっ……あ奴だな」

黒壁は何かを見付けたようだった。

「危険だから、君達は近付くな」

と、その方向に泳ぎ出す。義雄にしてみれば、黒壁の泳ぎ方の方こそ頼りげない。

浜生と目で合図をし、そっと黒壁の後を追う。

ボートに近付くと、黒壁が追う黒い頭が見えてきた。

蛸男は重いボンベを背負い、ウエイトベルトを着けている上、片方のフィンをなくしているため、かなり泳ぐ速度が鈍っているようだ。

黒壁のぎごちない泳ぎでもどんどん距離を狭めていく。

もう少しで追い付くか、と思ったとき、急に黒壁の頭が見えなくなった。

「力が尽きたのかな」

と、浜生が振り返った。

蛸男はボートに手を掛け、中に転がり込んだ。相手が船の中では近寄り難い。遠くから、顔だけでも見ておこうと思っていると、いきなり黒壁の姿がボートの中に現われた。

義雄は御船手流の極意《ごくい》を見た。

敵の船に覚られることなく、水音も立てずに近付き、船に躍り込んだ瞬間、相手を斬って倒すという、実用本位の泳法が目の前に繰り広げられた。

黒壁は船に飛び乗るや、一撃のもとに蛸男を撲《なぐ》り倒していた。急所に当たったものか、蛸男はそれきり動かなくなった。黒壁はそれを確かめると、船の上に仁王《におう》立ちとなり、義雄の方を向いてドラミングした。

義雄がボートに泳ぎ着いて見ると、倒れているのは宮下歌雄だった。

海水浴場の夏は、宮下の逮捕とともに、慌ただしく終わりを迎えた。

宮下の自供に基づいて、警察は青山の海底から、次次と蛸屋の壺を引き上げ、その最後に、鉄製の大きなトランクを見付け出し、それを押収した。トランクの中身は、夥《おびただ》しい拳銃と実弾、それに、隙間なく押し込められていた麻薬だった。

宮下は秋に予定されているワールドカップに参加する旅費の捻出《ねんしゅつ》に、思い切った方法を思い付いた。それは、完東漁業所属の第七みしま丸に漁業士として乗り込み、その寄港先で拳銃や麻薬を大量に買い入れ、そっと密輸しようという計画だった。外地での調達は思うように進み、品物は他の船員に見付からないように、漁船に運び込むことができた。ところが、帰国の途中、みしま丸の船長が、宮下の持ち物に不審の目を向けることになる。

この船長は代代船乗り。頑固一徹、正直無二の男で、自分の仕事に強い誇りを持っていたから、もし、自分の船が密輸に利用されていたようなことが露見すれば、その場で海の中に叩き込まれてしまう。

宮下はそこでまた一策を案じた。みしま丸が帰港したその日のうち、密輸品を詰めたトランクを海の底に隠す企みだった。宮下は人目を避けてスキューバダイビングの装備を身に着け、トランクと一緒に海中に飛び込んだ。スキューバダイビングの装備と、ウインドサーフィンのボードは、外地の海で遊ぶために、漁船に持ち込んであった。

宮下は海中に潜ると、トランクを近くの青山まで運んでいった。だが、広い海の底で、再びトランクを取りにいくためには、何かの目印が必要だった。そのとき、思い付いたのが蛸屋の壺だ。たまたま、蛸漁の時期で、蛸屋の壺が漁場に沈められていた。宮下はその壺を集め、トランクを沈める場所の道標《みちしるべ》となるように海底に置き換えた。

空身になった宮下は、そのまま丸に戻り、何気ない顔をして、スキューバダイビングと、ウインドサーフィンの道具だけを持って漁船から上陸した。

あと、時期を見て自分の家のボートで青山に行き、海底に隠しておいたトランクを持ち出せばいいのだ。月末になって海岸に海水浴客が少なくなり、といって若い者はまだサーフィンを楽しんでいる。それが、誰にも目立たないよう、海底からトランクを引き上げるにはいい時期だったのだ。

「トランクを回収して、暴力団にでも売り捌《さば》く。そうすれば事は丸く納まっていたはずだな」

と、正行が言った。

宮下が捕まった日の夕方。正行が晩酌をしながら静と話をしている。

正行は警察に行き、顔見知りになった刑事から、色色なことを聞き出して帰って来たのだ。

「天網恢恢《てんもうかいかい》というか、まあ、宮下にしちゃ不運としか言いようがない。その秘密を、大旗さんが知ってしまったんだ」

「そうだったの。あの子、なかなか見た目よりはすばしこい人だったのね」

「そうじゃない。大旗さんが宮下の秘密を嗅《か》ぎ付けたんじゃなくて、宮下がそのことを大旗さんに教えたんだ」

「……まあ、どうして？」

「宮下が毎日海に出て、トランクを引き上げる機会を狙っているうち、ウインドサーフィンをしている大旗さんと顔見知りになって、彼女を好きになってしまったからだ」

「宮下が大旗さんと慣れ慣れしくしていたのは知っていたけど」

「ほとんど、夢中だったようだね。ところが、大旗さんの方じゃ、適当に相手をあしらっている程度で、さっぱり打ち解けてくれない」

「そうだろうね。あんな、蛸面」

「そこで、相手の歓心を得ようとして、宮下は密輸の話を持ち出したんだよ」

「……そんなことをすりゃ、逆に訝《いぶか》しく思われるでしょう」

「ところが、泣ける話だ。感心したね。宮下のつもりでは、秘密を共に分かち合うことで親しさが深まる、と考えたんだ」

「……ばかばかしい」

「ばかばかしいかね。俺はその発想には詩がある、と宮下を見直したんだがな」

「下らないわよ。男って、どうして皆独りよがりなのかしら」

「ちょっと危険なファンタジーだと思わないかい」

「思わないわ。下手《へた》なドラマじゃあるまいし。結局、大旗さんはその話には乗らなかったんでしょう」

「うん」

「それ、ご覧なさい」

「……大きな誤算なんだな。男はいつも、女をそんな現実家ではないと思っている」

「男が甘すぎるのよ」

「そうなんだろうな。もう一つ、宮下の方に誤算があった。宮下は大旗さんのお父さんが、厚生省の麻薬課に勤めていることを知らなかったんだ」

「じゃ、大変な人に、秘密を明かしてしまったんじゃない」

「そうなんだ。大旗さんはそういうお父さんがいる以上、宮下の話を聞き流すことができなかったわけだ」

「それを知った宮下が大旗さんを追って来て、その口を塞《ふさ》いだ、ってわけなのね」

「そうだ」

「じゃ、宮下は大旗さんを殺してから、どうやって錠の掛かった浴室から逃げ出したのよ」

「……それは、聞いて来なかった」

矢張り、正行が好きなのは刑事物で、面倒臭いミステリーは好きではなかったのだ。

翌朝、黒壁が挨拶《あいさつ》に来た。監視所の仕事が終わり、東京へ帰るのだと言う。

「その前に、一度、例の現場を見ておきたいな」

義雄は黒壁を浴室に連れて行った。

浴室は浴槽の湯を抜いてタイルの血を洗い流しただけで、全部あのときのままになっている。

黒壁は正行が割ったガラス戸をじっと見ていたが、

「これで、宮下が焦っていた理由が判った」

と、言った。

「宮下は焦っていたんですか」

義雄はその意味がよく判らなかった。

「そうさ。事件のあった翌朝、もう、トランクの回収に掛かったからさ。普通なら、そうした危険なことは、事件のほとぼりが冷めてから行動を起こすものだろう」

「……そう言えば、そうだ。海岸には見物人も朝から押し掛けているしね。じゃ、宮下は、何を焦っていたの？」

「宮下は君のお父さんが、どうやってこのドアを開けたかを気にしてやしなかったかね」

「うん。そのことを訊かれたのを覚えている」

「で、何と答えた？」

「ただ……父さんがガラスを割った、と」

「こんな風に、破片も落とさず、綺麗に割った、と教えたかい」

「いいえ。ただ、割ったとだけ言った」

「そうだろう、ボートの中で捕えたとき、宮下の足の指に包帯が巻かれていたのを覚えているかい」

「うん」

「それなんだ。宮下は重子さんを殺した後で、足の指に傷ができているのに気付いた。とにかく、犯行のときは宮下も夢中だったから、それが、犯行のときに受けたものか、あるいは浜にいるとき貝殻のようなもので切ったものか、全く記憶になかったんだ。

浜で怪我をしたのなら問題はない。だが、犯行のとき浴室で切ったとすると大変だ。もし、浴場のどこかに自分の血が残っていて、警察がそれを見付けたとすると、そこから犯人が割り出されてしまう」

「知っているよ。テレビドラマで見たことがある。血の一滴からでも判ってしまうんだってね」

「宮下はそれが気になって仕方がない。だから、それを君に訊いたのさ。その答えは今君が言った通り。宮下はそのガラスの破片で足の指を切ったんだと思い込んだんだ。だから焦るだろう。警察が犯人を割り出す前に、トランクを回収して、それを持って一刻も早くこの土地から逃げ出さなければならない」

義雄は感心した。宮下の足の包帯に、そんな深い意味があったとは、考え付かないことだった。この黒壁なら、錠が掛かった浴室のドアから、どうやって宮下が逃げて行ったか、その謎を解くこともできそうだ。義雄は言った。

「宮下は、顔は蛸に似ているけど、本物の人間だ」

「当たり前だ」

「人間なら、軟体動物じゃない」

黒壁は笑い出した。

「ははあ、僕が犯人は化け蛸と言ったのをまだ覚えているな」

「うん」

「そんなら、訂正しよう。犯人は疑いもなく人間だった」

「じゃ、その犯人はドアの隙間や排水口から擦り抜けていくことができないわけだね」

「それも、訂正する必要があるな」

　黒壁は浴室を見廻した。

「こんなときは、素直に考えるんだ。いいかい、浴室の方から物音と悲鳴が聞こえた。君達が浴室の前に駈け付ける。ドアの錠は内側から掛けられている。だから――」

「だから？」

「犯人はそのとき、まだ浴室の中にいたのさ」

「……ナイフの落ちる音も聞こえた」

「そうだろう。そこで、君のお父さんが器用にガラス戸を丸く割り、錠を外してドアを開ける」

「……中には重子さんしかいなかったよ」

「本当に、そうかな」

「僕達、三人が見たんだ」

「浴槽の中は？」

「重子さんがいた」

「その、下は？」

「……下だって？」

「そう。屍体の下。屍体の下に手を入れて、探ってみたかね」

義雄は言葉が出なくなった。

なるほど、犯人が隠れていた場所なら、そこしかない。

「でも、黒壁さん。お湯の中じゃ、息ができないでしょう」

「忘れたのか、君は。宮下なら、ボンベを背負って、スキューバをくわえていたはずだ」

「そうだ……」

宮下は黒のウエットスーツを着ていた。血の色になった湯と、湯に散った重子の髪が、浴槽の底にいる宮下の身体を遮っていたのだ。義雄は重子の体毛が見えていたことを思い出した。という事実は、重子は浴槽に浮いていた——というより宮下に腰を押し上げられていた姿勢だったのだ。

黒壁は続けた。

「浴室で起こったことを整理すると、多分、こうだろう。重子さんに秘密を知られた宮下は、重子さんの後を追って、そっと樟木荘に近付いた。そして、君が奥に引き揚げて行き、浴室に重子さん独りになったのを見て、浴室に侵入する。重子さんはそのとき浴槽の中にいて、湯の音でドアが開いたことに気が付かなかったんだろう。気が付けば、そのとき大きな声を出すはずだ。ドアに錠を掛けたのは宮下だ。誰かが、不意にドアを開け、犯行を見られては困る」

　黒壁の言葉には淀《よど》みがない。

「そして、宮下は重子さんに襲い掛かったんだ。そのときの悲鳴を君とお母さんが聞き付けた。さて、普通ならここで宮下は浴室から逃げ出すところだが、意外と君達が来るのが速かった。宮下が錠に手を掛けようとしたとき、足音が聞こえ重子さんを呼ぶ声がする。君達は宮下の顔を知っているから、これはまずい。そのうち、ドアがこじ開けられるだろう。宮下が身を隠す場所は一つしかない。刃物があっては危険だから、宮下は咄嗟に重子さんの胸からナイフを抜き取って床に捨て、重子さんの身体を起こしてその下に潜り込んだ。カランを水に変えたのは、長く湯の中にいると、自分が茹《ゆ》で蛸になってしまうからだ」

「スキューバの泡の音を消す役目もしたんだね」

「うん。その通りだ。湯に潜っていたのでは外の様子が判らないから、浴槽に耳を押し当てる。こうしていると、近くの足音ぐらいなら聞こえる。ただし、君のお父さんがガラスを割る音までは耳に届かなかったんだ。そのうち、足音が遠くなる。あたりが静かになって、そっと首を出して見ると誰もいない。この隙だというので、宮下は素早く浴室から外に逃げ出したんだね。宮下が出て行った浴槽から、一人分の湯が減ったわけだ。君達が屍体を見付けたときには浴槽から湯が溢れていたのに、警察が来て見るとその湯が少なくなっている。それじゃ、誰かが湯の中に隠れていて、その犯人はきっとボンベを背負っていたことが推測されてしまう。スキューバダイビングの道具を持っている者で、重子さんの顔見知りといえば、すぐ宮下が浮かび上がる。それじゃまずいから、宮下はカランの水をそのままにして、海に逃げて行き、潜水して自分のボートに泳ぎ着き何食わぬ顔でいたわけさ。ただし、ドアがどんな方法で開けられたかまで観察する余裕はなかった」

「……刑事さんが来たとき、浴槽は水だと言っていた。湯が少なくなっていたから、早く水になったんだね。浴槽の湯が一杯だったら、そう早く水にはならなかったんじゃないかな」

「頭の良い刑事なら、その点に気付いて、さっさと宮下を逮捕していただろうな」

「それよりも、黒壁さんが居睡りなどしていなかったら、もっと話が早かったんじゃないですか」

後で判ったことだが、宮下は最初から計画的にボンベを背負って犯行に移ったわけではなかった。トランクを回収しようとしていたとき、重子に秘密を打ち明けた。しかし、重子は宮下に従わないばかりか、逆に自分の立場が危険になったのを知って、その場で犯行を思い立った。ただ、歩くのに邪魔なので、フィンだけは脱いで重子の後を追って樟木荘にやって来た。そのため素足が何かを踏み、足の指に傷を付けてしまったのだという。

義雄は重子の屍体を発見したときの浴室をありのまま絵日記にした。それは、誰にも見せず、令嬢に提出したのだが、正行は碁を打ちに行って、広田栄からその絵を見せられたらしい。

令嬢はその絵日記にひどく感心し、カラーコピーにして方方に配り、防犯運動を起こしたい、と張り切っているという。

解　説

福井健太

泡坂妻夫の十冊目の短篇集『奇跡の男』は、一九八八年に光文社から四六判ハードカバーで上梓された後、九一年に光文社文庫に収められた。本書（徳間文庫版）は二十七年ぶりの再刊にあたる。シリーズキャラクターは登場しないが、五篇の風変わりなミステリを愉《たの》しめる軽妙な一冊だ。

改めてプロフィールを記しておくと、泡坂妻夫（本名・厚川昌男のアナグラム）は三三年東京都生まれ。家業の紋章上絵師《もんしょううわえし》を営むかたわら、第一回幻影城新人賞佳作「DL2号機事件」で七六年にデビュー。七八年に『乱れからくり』で第三十一回日本推理作家協会賞（長編賞）、八二年に『喜劇悲奇劇』で第九回角川小説賞、八八年に『折鶴』で第十六回泉鏡花文学賞、九〇年に『蔭桔梗』で第百三回直木賞に輝いた。デビュー作を含む〈亜愛一郎〉シリーズ、奇術師を主役にした〈曾我佳城〉シリーズ、ヨガの達人が推理する〈ヨギ・ガンジー〉シリーズ、警視庁特殊犯罪捜査課のコンビを描く〈海方・小湊〉シリーズ、江戸を舞台とする〈宝引の辰捕者帳〉〈夢裡庵先生捕物帳〉シリーズなどのミステリに加えて、職人の恋愛譚でも人気を博している。六八年に第二回石田天海賞を受けた奇術師でもある泡坂は、八五年から二〇〇四年まで続いた「厚川昌男氏が気にいったマジシャンを選ぶ」厚川昌男賞に名を残し、奇術や家紋の専門書も手掛けている。推理小説史上きっての才人にして粋人——それが泡坂妻夫なのである。

本書の収録作を見ていこう。「奇跡の男」（『EQ』一九八六年五月号）は特異な境遇の男をめぐるサスペンスだ。写真週刊誌『クローズアップ』の記者・白岩百合子《しろいわゆりこ》は、籤《くじ》で高額賞金を得たという会社社長・和来友里《わらいゆり》を取材し、和来がバス事故の唯一の生存者だと気付く。疑念を抱いた百合子は怪しげな遺留品を見つけるが……。奇妙な論理は泡坂の持ち味だが、一つのロジックからプロットを紡《つむ》いだ本篇はその好例だろう。合理性やリアリティに囚《とら》われず、詭弁《きべん》を軸にした構成は「ＤＬ２号機事件」を彷彿《ほうふつ》させる。泡坂作品には同じ人物・団体などを再利用する遊びが多く、百合子の上司・亀《かめ》沢《ざわ》は「双頭の蛸」（『亜愛一郎の逃亡』所収）にも出演していた。

第二話「狐の香典」（『小説推理』八六年七月号）は小料理店のエピソード。刑務所帰りの二人組が現れたことをきっかけに、店の主人・糀屋五兵衛《こうじやごへえ》はかつての服役経験を語った。二人組の片割れ・輪林《わばやし》が変死した数日後、五枚の古い千円札が「輪林事件担当刑事殿」に届けられる。先入観を覆すアイデアを核として、独創的な犯罪計画を綴《つづ》った秀作だ。ドラマと語り口の叙情性は、同時期に書かれた『折鶴』の収録作（「忍火山恋唄」「駆落」「角館にて」「折鶴」）を思わせる。

第三話「密会の岩」（『週刊小説』八六年八月八日号）では、小さな錯誤がモチーフに使われている。妻とともに水戸の民宿で休暇を過ごし、岩場で絵を描いていた画家の安里行男《あんりゆきお》は、合宿に来ていた女子大学の体操部員たちと知り合う。安里は双眼鏡で夜の海を眺め、沖の座禅岩で男女が逢うのを目撃した。翌朝、男が座禅岩で殺されたと知った安里は、学生に犯人探しの協力を仰ぐ。とぼけた語り口とシンプルなオチを味わえる小品だ。

第四話「ナチ式健脳法」（『小説宝石』八七年七月号）は、奇矯な事件の顚末《てんまつ》を辿《たど》るユーモアミステリである。音楽家・ナチ和穂《かずほ》の家を訪ねた八衣子《やえこ》、省助《しょうすけ》、牧夫《まきお》は、隠し子と称する女とその祖母がナチを脅していると聞かされる。二人が帰った後、スタジオに籠もったナチは毒殺死体で発見され、母屋とスタジオの間には不自然な足跡が残されていた。雪上の足跡は本格ミステリの古典的な題材だが、珍妙な健脳法を導入して工夫を凝らすセンスが秀逸だ。

掉尾《とうび》を飾る「妖異蛸男」（『ＥＱ』八七年十一月号）では、蛸壺の盗難と浴室の密室殺人が描かれている。異形のイメージと不可能犯罪を絡めながらも、子供の視点でユーモアを漂わせる演出は泡坂らしい。子供と蛸の組み合わせから「双頭の蛸」を思い出す人もいるだろう。

五篇に明確な共通点はないが、謎解きのプロセスを簡略化し、種明かしで読者を驚かす手つきは一貫している。奇妙な論理、逆説を伴うミッシングリンクと叙情性、ユーモラスな筆致、雪上の足跡とナンセンス、密室殺人と子供の視点――と並べてみれば、カラフルな本格ミステリ作品集にして、泡坂の芸風がちりばめられた一冊だと解るはずだ。高みを極めた粋人の闊達《かったつ》さだけが辿り着ける〝仙境〟がここにはある。

泡坂は二〇〇九年に逝去したが、その人気は衰えていない。一〇年には『妖女のねむり』(創元推理文庫)、一二年には未収録作と推理劇の台本を収めた『泡坂妻夫引退公演』(東京創元社)、一四年には『11枚のとらんぷ』(角川文庫)が刊行された。一五年には研究書『KAWADE夢ムック　総特集　泡坂妻夫』(河出書房新社)、一六年にはエッセイ集『家紋の話』(角川ソフィア文庫)、一七年には『花嫁のさけび』(河出文庫)と『夢裡庵先生捕物帳(上下)』(『びいどろの筆』『からくり富』『飛奴』を二冊に再編集したもの/徳間文庫)、一八年には『妖盗S79号』『迷蝶の島』(河出文庫)が上梓されている。この復刊ラッシュを通じて、史上最高の推理作家の一人・泡坂妻夫の世界に遊ぶ人が増えることを期待したい。

二〇一八年四月

本書は1991年2月光文社文庫として刊行されました。
なお、本作品はフィクションであり実在の個人・団体などとは一切関係がありません。

徳間文庫

奇《き》跡《せき》の男《おとこ》

2018年5月15日 初刷

著者 泡《あわ》坂《さか》妻《つま》夫《お》
発行者 平野健一
発行所 株式会社徳間書店
東京都品川区上大崎三—一—一
目黒セントラルスクエア 〒141—8202
電話 編集〇三(五四〇三)四三四九
販売〇四八(四五一)五九六〇
振替 〇〇一四〇—〇—四四三九二
印刷 本郷印刷株式会社
製本 ナショナル製本協同組合

ISBN978-4-19-894347-9 (乱丁、落丁本はお取りかえいたします)

徳間文庫の好評既刊

麻耶雄嵩

化石少女

　学園の一角にそびえる白壁には、日が傾くと部活に励む生徒らの影が映った。そしてある宵《よい》、壁は映し出す、禍々《まがまが》しい場面を……。京都の名門高校に続発する怪事件。挑むは化石オタクにして、極めつきの劣等生・神舞《かんぶ》まりあ。哀れ、お供にされた一年生男子と繰り広げる奇天烈《きてれつ》推理の数々。いったい事件の解決はどうなってしまうのか？　ミステリ界の鬼才がまたまた生み出した、とんでも探偵！